真野泰一 主演
龍と虎
6

D E A R + N O V E L

# 黄昏の世界で愛を

榊 花月
Kaduki SAKAKI

新書館ディアプラス文庫

S H I N S H O K A N

黄昏の世界で愛を

目次

イラストレーション／小山田あみ

# 黄昏《たそがれ》の世界で愛を

# 1

左草《さそう》祭《まつり》は、手にしていたコーヒーのプラカップを取り落としそうになった。

「ええと、真野奉一《まのほういち》、っていいますと……」

「またまた、とぼけちゃって。この業界を志望しといて、真野奉一を知らないってことはないでしょ」

向かいに腰かけた寺木蓉子《てらきようこ》が、からからと笑い声をたてる。その隣で、常務の原口正志《はらぐちまさし》も口角を上げた。

たった今、祭に大きな驚きを与えた二人は、澄ました顔を並べている。

「いや、それは知ってますけども」

しぶしぶ、祭は指摘された事実を認めた。

「ただ、入社してひと月の俺みたいなぺーぺーが、そんな大物のマネージャーを任せられることになるとは予想してませんでした」

「もちろん、きみに全責任を押しつけはしないわよ。マネージャーっていったって現場担当っていうことだから。真野のプロデュースは、基本的に今までどおり原口がやるから。きみはただ、スケジュールの管理や現場が円滑に進むよう気を配っていればいいだけ」

「はあ……」

言いかけ、ちょっとひっかかった。今、なにか気になることを言わなかったか。「全責任」がどうとか……。

だが、そんな疑問をさしはさむ隙《すき》とてなく、

「この一ヵ月、原口についていろんな現場にいったわよね？　そこで見聞きしたことを、これから大いに役立ててくれることを期待してるわ。あなただって、一ヵ月もの間、ムダ飯を食ってたつもりはないでしょう。それじゃ、ただの給料泥棒だからね」

蓉子はずけずけたたみかけてくる。はあ、と祭はやはりそうくりかえすしかない。ごもっともな言い分ではあるが、まだ初任給しかもらっていない段階で泥棒よばわりされてもと思ってしまうのもたしかだ。

しかし、社長を相手に、あの程度の給料で好きなことを言うなとも反論できない。そして、配属が正式に決定した今、逆らうことはこの会社を去ってもいいという意思表示のようなものである。

「わかりました。若輩者《じゃくはいもの》ですが、精いっぱい務めさせていただきます」

ズボンの膝を握りしめ低頭すると、蓉子はまた呵呵大笑《かかたいしょう》した。

「なかなか素直でよろしい」

「……」

「よかったわね、原口。これで未希《みき》に本腰入れられるわよ」

蓉子は、隣に声をかけた。寡黙《かもく》な男は、黙ってうなずく。蓉子より一つ下の四十一歳だが、「寺木エンタープライズ」では常務の肩書を持つ。俳優を中心に、五十人からのタレントが所属する、規模としては中堅の芸能プロダクション。現社長である蓉子の父親が、三十年前に大手事務所から暖簾《のれんわ》分けした形で設立した会社だった。

その「寺木エンタープライズ」に、この春祭はマネージャーとして採用された。三月に大学を卒業したばかりだが、新卒でも即戦力を期待されている。それこそ、蓉子の言のとおり、「ムダ飯を食らう」だけの新米など要らない。

それは、面接試験の際にも念を押されたことだった。なかなかきつい業界だけど、いい？最初から、そう言われた。脅しともとれるふうではあったが、もとより選んではいられない身だ。東京の私大としては一流とはいえ、就職戦線は厳しく、他にも受けた試験はことごとく落とされていた。内定をくれたのは、「寺木エンタープライズ」だけだった。

オフィスの奥手にある会議室を出た祭は、ほうっと大きくため息をついた。デスクの栗原亜《くりはらあ》美《み》が、そんな祭を見てくすっと笑った。

「真野さんのマネージャーになったんだって？」

声をかけられ、自分の席を探していた祭は視線を彼女に向けた。

「ええ、まあ」

「大変だと思うけど、がんばって」

「ありがとうございます」

どう大変なのか、詳しく知りたかったが、あれこれ根掘り葉掘りするのもためらわれる。ここが一般企業で、休憩時間なら、お騒がせ芸能人の噂をするのもかまわないだろうが、その芸能人とこれから仕事をともにする立場で、業務中にこれから先のことを思って嘆息している姿など、ほんらい見せてはいけないのだった。

まして、仕事に対する意欲より不安のほうが大きく上回っているなどとは。

気づかれてもいけない。

やっとのことで自分の机が見つかった――オフィスのフロアが広大だということではなく、ファイルや書類、ティッシュの箱といった、見たこともない雑多ながらくたが山と積まれていたため自席と気づかなかったのだった。

入社以来、ほとんど坐ったことのない机だ。内勤者用の物置きとして使用されるのもまあ、しかたがないか。

ファイルの山を掻きわけ、祭はようやくコンポジットを取り出した。捲《めく》るとまず、瀬戸《せと》未希《みき》の笑顔が飛びこんでくる。コンポジットの第一頁を飾るのは、現在「寺木エンタープライズ」

の稼ぎ頭である若手女優だ。年に二回は連続ドラマに顔を出し、映画では主演を務めたこともある。なによりCMの本数が九本と、若手としては群を抜いていて、スポンサー受けがいいことから、いずれゴールデンかプライムのドラマで主役にキャスティングされるだろうと目されている。

役員待遇だが、制作部のトップでもある原口が、未希のさらなる売り出しに専念したがるのもしかたがない。この一ヵ月、原口についてさまざまな現場を回った。未希とも顔を合わせたが、二十一歳の彼女には売れっ子の傲慢《ごうまん》さなどみじんもなく、謙虚で控えめな女の子だった。好感度が命綱なコマーシャルの仕事が次々舞いこむのもわかる。

他にも何人かのタレントと会ったし、中には尊大なのも、がつがつしたのもいた。頁を捲ると見知った顔が、そんな印象とともに蘇る。芸歴や現在の芸能界におけるポジション、事務所の期待値……条件が異なれば、態度も変わる。心構えもきっと、違うのだろう。

だが、真野奉一には、一度も会ったことがない。知名度は高いものの、最近はあまりメジャーな仕事をしていないから、現場に出る数じたい少ないのだろう。

とはいえ、ひと月もスケジュールが空いているということはないと思う。もしかしてあまりにキャラが強烈すぎて、新人に引き合わせるのを原口がためらったというような話なのだろうか。まさか。ぱらぱらと繰っていくと、最終頁にその顔が現れた。

他タレントがカラー写真なのに、真野奉一だけがモノクロだ。それでも見開き二頁を使っているということは、やはり事務所では重鎮《じゅうちん》的な扱いなのだろう。

祭はその写真に見入った。くせのない髪が額にかかり、整った顔に柔らかい微笑を浮かべている……が、カメラ目線ではなく、斜め向きなのが他とはやはり違うところだ。宣材なのだから、普通は正面顔を使うだろうに。それとも、真野には誰も意見できないのだろうか。伸ばした髪や、無精髭の顔でコンポジットにおさまることを看過しなければならないほど。

こうして見ると、やはり男前だし、雰囲気もいい。けれど、真野奉一について知っていることを頭の中に並べてみると、楽しいことはひとつもない。かつての大スター、寝たい男ナンバーワン俳優。だが行く先々で、誰かと衝突しては降板《こうばん》騒動。度重なるスキャンダル。女遊び(時には男も)。十代でデキ婚し、四十前なのに二十歳の息子がいる。

表沙汰にこそならなかったものの、暴力事件多々。また、芸能人が薬物で逮捕されるたび、「次は」と囁かれる名前の筆頭にいつも挙げられる……。

そんな、週刊誌を定期的に飾る見出しが次々浮かんで、祭は頭を抱えたくなった。その真野奉一の、今日から自分がマネージャーだという。今年の春まで大学生だった、経験も実績もなにもない、この俺が。

蓉子が、なにを思って自分を抜擢《ばってき》したのかは知らない……しかし、先ほどの言動から鑑《かんが》みるに、原口の肩の荷を下ろすための厄介払《やっかいばら》いみたいに聞こえる。敗戦処理という語が浮かぶ。

祭はそうネガティブなほうではないが、出てくるのはやはり、ため息だった。できれば逃れたい。でも、これが自分に与えられた仕事である以上、しかたのないことなのか。

「左草、なにやってるの。いくわよ」

デスクで悄然《しょうぜん》とする祭の肩を、社長室から出てきた蓉子がぽんと叩いた。黒いジャケットを摑み、肩からはポーターを提げている。

「は？　どこにですか」

するとと社長は振り返り、度し難し、という様子で両手を広げた。

「決まってるでしょ、真野と顔合わせよ」


三十分後、祭は神宮前の事務所から歌舞伎町にある一軒のスナックに移動していた。

眠らない街とはいうものの、さすがに昼前には死んでいる。ごたごたと雑居ビルや、三歩進んだら突き当たりまで辿り着きそうなペンシルビルの建ち並ぶ一角。

「ボン」というよくある名のその店は、その中にあって珍しく昼間も営業しているようだ。スナックには違いないが、スタンド看板の隣にランチメニューがたてかけてある。

ここでランチをとろうと思う人間がいるのだろうかと疑問がわいたが、いるからこそ開いているのだろう。さっさと進んでいく蓉子の後について、祭も店に足を踏み入れた。

昼間でも、薄暗い店だった。二人が入っていくと、カウンターの中にいたアフロヘアのママらしき女が「いらっしゃい」と気の抜けたような声をかけた。

蓉子は、まっすぐに奥のテーブルに向かう。見たところ、客はそこにいる一人だけらしい。

ソファに身体を斜めに凭《もた》せかけ、上半身は広げたスポーツ新聞に蔽《おお》われていて見えない。

その前には、ウィスキーの瓶とタンブラー、ナッツの盛り合わせ、それにタバコの箱が無造作に並んでいる。まさかこれが、昼食なのだろうか。

「真野」

社長が声をかけると、新聞が動いた。男の顔が現れる。

祭ははっとして、瞬時その顔を見つめた。

「なんだ、あんたか」

男はなぜか、拍子抜けしたていで言った。

「なにが『なんだ』なのよ。それとも、ここで誰かと待ち合わせでもしてたの？」

蓉子はバッグを下ろしながら応じる。邪魔扱いされようが、まったく気にしていない。

「べつに……誰だよそいつ」

真野の視線が流れてきて、祭はあわてて目を逸らした。背中が緊張をまとう。

「これから紹介するから。あ、コーヒーお願いします」

ママに向かっては、丁寧な口調で言い、こちらを見る。なすすべもなく、祭はうなずいた。

「ふたつ」

つけ加え、蓉子は真野のほうに向きなおる。

「どう？　ツアーの疲れはそろそろとれた頃よね」

「一ヵ月も休めばね」と言葉を添える。真野は胡乱《うろん》な眼差《まなざ》しを、祭から社長に移した。

「厭味《いやみ》かよ」

「いいえ。さすがの絶倫男《ぜつりんおとこ》も、四十を前に衰えたのかと心配しているだけ。オファーを蹴飛ばすくらいにね」

「数少ないオファーをな……で、誰だよ」

不遜《ふそん》な面つきとはうらはらに、神経質そうな仕草で真野が祭のほうを顎でしゃくる。鋭い眼光が飛んできたが、二度は逸らさなかった。

「あなたの新しいマネージャー。今日からつくから」

簡単に紹介し、蓉子は挑戦的に真野を見た。真野の眉間がせばまった。

「新しいマネージャー……？　原口はどうしたよ」

「あれはつなぎだって、そう言ったでしょ。彼、今年入ったばかりだから、いろいろとよろしくね」

そんなおおざっぱな「よろしく」がありますか。祭はおろおろと二人を見較べたが、真野の視線と会って焦点を移動させる。

盗み見ではなく、はじめて堂々と真野奉一を見た。

コンポジットの写真と、だいぶ違う。しかし、それは髪型のせいだとすぐわかる。コンポジットでは長めだったのが、今はすっきりと短い。髭も落としているようだ。

ただ、そのせいで露わになった顔のラインがますますシャープで、つり上がった眉や、画面では鋭い光を放つ双眸《そうぼう》を際だたせているようだ。見ただけで祭を瞬間冷凍した、あの目。

祭は、はじめてドラマで真野を見た時のことを思い出した――それ以前の、バンド時代のことはよく知らない。「レイジング・ブル」の曲を、リアルタイムで聴いた記憶はない。その段階でまだ、学校に上がるか上がらないかという頃だったから、憶えていなくて当然だ。

主演俳優の娘の彼氏、という役で、真野はそのドラマに登場したのだった。

子ども心に、かっこいい兄ちゃんだと思った。長身で整った顔をしているというだけで、印象には残る。子どもなんて、そんなものだ。当時流行《はや》った、センターパーツのヘアスタイルの好青年。

ハンサムだが、ちょっと気弱で、初対面の父親の一喝《いっかつ》にすくみあがり、逃げ出してしまう。かなり情けない役だったが、それだけに強烈に記憶に刻まれた。

後に、彼がもともとはミュージシャンで、しかもパンクバンドの元ボーカルで、エリートサラリーマンなんかとはかけ離れたイメージだったことを知り、驚いたものだ。バンドはぱっとせず、役者に転向した第一作がそのドラマだった。視聴率もよく、俳優として脚光を浴びた真野は、以降若手俳優としてスターへの階段を駆け上っていく。

そう、ほんの十年前までは、大人気の「若手イケメン俳優」だった。

数々のスキャンダルが、真野をスポットライトの当たらない場所に押しやっていった。

あやしげな酒場に出入りして、真っ昼間からバーボンをストレートで飲《や》るような立場まで――。しかもボトルは、既に残り三分の一ほどになっており、名札もついていない。

祭は、今度はかつて観た映画を思い出した。時代劇で、真野は呑んだくれの浪人を演じていた。ベネチアで金獅子賞《きんじししょう》を獲り、真野奉一の名を一気に世界レベルまで広めた作品だった。三大映画祭ほど威光のあるものではないにせよ、その後海外で複数の個人賞を獲得している。

そんな経歴と照らし合わせずとも、真野は俳優としてかなり高レベルの存在のはずである。少なくとも、ゴールデン街のスナックで、真っ昼間からバーボンを呷《あお》るような現状は、もったいない……いくら当人のキャラクターに問題が多いとはいえ、だ。

だが事実、真野はここで暇そうにしている。

自分を見つめるその目に、しかし嘲《あざけ》るような色を認め、祭はちょっと気分を害された。

「こんな馬の骨が、俺の新マネージャーかよ」――そんな意が、伝わってきたような気がした。

被害妄想だろうか。奇妙に傷ついた気分に見舞われる。

「今年の新入社員って、昨日や今日に高校出たばっかりだとかっていうわけ？」

で、実際、馬鹿にしたふうに言われた。

そう思われたんだろうなと予想していたとはいえ、間髪入れずに正面きって吐かれたら、かなりへこむ言い草だ。

「そう――もっとも、高卒じゃなくて大学出てるんだけどね」

こともなげに、蓉子は言う。いや、それが事実なのだから、粉飾《ふんしょく》とか色をつけるとかいうものではないのだ。

だが、なんでだろう――「誇大広告」という語が浮かぶのは。

「へえ。そんな顔して、成人してるんだ？」

すると、真野はそう茶化してきた。

童顔だという自覚はあるから、あー、やっぱりそうなりますよね……祭からすれば、そのくらいな感じだったのだが、

「大学出てるんだ？　どこ？　へえ、早稲田ねえ……ご立派なことで」

真野の、言葉つきとは違ったニュアンスを感じさせる舐めるような眼差しに、身体から血の気が退いていく。

「や、ゆとりなんで……いわゆる『早稲田』とはちょっと、違うかな、なんて……」

それで、ことさら卑下《ひげ》することになった。どんな時代に生まれようが、学歴として箔《はく》がつくかという話になれば、異論を差し挟む者はそういないだろう。

そういう自負はあるものの、なぜだろう、真野の鋭い眼差しの前では、誇るべき経歴が恥ずべき過去みたいに感じられるのは。

なんら、気後《きおく》れなどないと思っていた。それが、どういう次第か赦《ゆる》しを乞う形になっている。たかが早稲田で、いい気になってすみませんでした、とひれ伏したいような現在の心持ち。

これがいわゆる「オーラ」というものなのか。圧《お》されていることだけはたしかだ。真野の吸引力ときたら、同性相手にも発動する……週刊誌の見出しがちらつく。いや、まさかそんな。出会ってすぐに「吸引」されるはずがない。しかも、なんか感じ悪いし。

「ま、べつに俺はいいけどよ」

蛇の前にすくんだ蛙《かえる》となった祭を救い上げるみたいに真野は言う。

ちょっと意外だった。だが、受け入れられた喜びは、続いた言葉で即座に否定された。

「いい大学出た学士様が、俺なんかの面倒をみてくれるっていうならな。ありがたくて、涙が出るぜ」

と、いう。

内容は卑屈だが、傲岸《ごうがん》そのものといった口調が、本心からの感想ではないとわかる。

もちろん、わざとそんな言いかたをしたのだろう。ただでさえ発光していた目が、いつかぎらりとした別の強い光を宿しているのに祭は気づいた。薄暗い店内で、そこだけスポットライトが当たったようだ。腐ってもスター。馬鹿にされたことよりも、突然輝きはじめた真野にはっきり威圧された。とっさには、返す言葉も出ない。

「そういうこと。ありがたくお仕事に励んでね、真野サン」

蓉子は、馴れているのか平然としたものだ。

「仕事ならしてただろうが」

「趣味でしょ。ツアーやらせないなら移籍するって、脅したのはどなたでしたっけ」

「俺はもともと、音楽畑の人間だっての——で、前のはどうした。原口の前の奴」

唐突に、真野は話を変えた。分が悪くなったからなのか、ようやくそこに気づいたためか。おそらくは両方なのだろう。前の、というのが前マネージャーのことだと察し、祭は蓉子を見た。

「内田《うちだ》のことなら、休職中よ。たぶんうちには戻らないわね」

社長はテーブルに手を伸ばす。真野の前に置いてあった、緑の箱を勝手に奪い、煙草を一本とる。

こういう時、すかさず火を差し出すのが新米の務めか。だが迷っているうち、さっさと真野のライターで火をつけている。

「休職中？　まだ体調不良とやらが改善されないのか」

「されないのよ、かなり重症よ。あなたに病院送りにされた内田はね」

祭は、えっと声を上げそうになった。すんでのところで堪えたものの、頭に今聞いた一言が、実家にある盆提灯《ぼんちょうちん》みたいに回り出す。病院送り？　神経性胃炎？

「ふん。やわな野郎だ」

「憎まれ口叩いてないで、謹《つつし》んで反省でもしたら」

堂に入った仕草で煙を吐き出し、蓉子が厭味ったらしい調子で言った。

「『謹んで』、冥福を祈らせてもらうよ。で、あいつの代わりがこれってわけだ」

真野の視線が、ふたたび巡ってくる。「おまえに務まるかな」とでも言いたげな、挑戦的なまなざしだった。

目で演技する俳優である。くるくると、どんなふうにも表情を変える。相手に、狙い通りの感情を抱かせることができる。わかっていても、やはりどぎまぎしてしまい、結果、反応を返せなかった。真野は、おもしろくなさそうに自分も煙草を咥えた。

「で、これはいつまでもつんだ?」

祭の存在などもう忘れてしまったかのように、視線がすっと外れていく。

「あなた次第でしょ。わかりきったこと訊かないで」

「ハイハイ。お偉い学士様だもんな、どうせ幹部候補生なんだろう。壊さない程度には手加減してやるよ」

それもまた、祭にとってはとんでもない発言だったのだが、蓉子は肩をすくめ、

「そう願いたいわね」

と、祭を見た。

「――よろしくお願いします」

反射的に立ち上がり、祭は一揖《いちゆう》した。いささか風変わりではあるが、これが顔合わせということになる。これから二人三脚で仕事をこなしていく相方《あいかた》みたいなものだ――力関係では、コンビなどとはとうていいえないにせよ。

そんな気持ちで挨拶したのに、顔を上げると半笑いの顔が待っている。

「ま、お手並み拝見といくか、学士サマ」

完全に馬鹿にしている。ともすると下がりそうになる口角を必死で上げながら、祭は笑顔を作った。

「はい。ご期待に沿えるよう、頑張ります」

「……これ、バカなのか？」

それに対する、真野の感想はこうだった。蓉子の派手な笑い声が、まっ昼間のスナックに轟いた。

第一印象は最悪だった。熱くなったり寒くなったり、感情をただ弄《もてあそ》ばれたみたいな気がする。思い返すと悔しくもなる。なにより、そんな自分の心の動きは真野が狙った通りであろうから、すべて見抜かれてもいたということになる。

できれば担当なんて外して欲しいところだが、要するに、と祭は理解した。ババ抜きみたいなものなのだ。しかも、フェイスを表に向けての。内田が残していったジョーカーを、一番最後に引かされたような……とんだいかさまだった。

だが、新米の分際で、本人に向かって、あんたはあきらかにババだから引きたくなかったなどとはいえない。これは仕事である。正直にいって、芸能界の裏方という職を最初から志願したわけではなかった。だが、入社して、社長によれば給料も手にした以上、引き受けなければならないことだ。

翌朝、祭は車で真野を迎えにいった。会社で借りた、黒塗りのセンチュリーが真野にふさわしいのかはわからないが、少なくとも祭には持てあますものだ。大きい車を運転したことがない。

その社用車を駆って向かった先は、東京でも下町の住所だった。やたらと庶民的な町並みを、ばかでかい車で通るのはやや気恥ずかしい。もんじゃ焼屋の看板が至る所に出ている。

そんな一角に建つ、真野のマンションもまた、周りの光景になじんだものだった。一階に、コンビニと小料理屋が入っているような建物である。コンビニは東京ではマイナーなチェーン店で、料理屋の暖簾《のれん》は中にしまってある。

やけに生活感の漂うエントランスから、年季の入ったエレベーターに乗りこみ、最上階まで上がる。オートロックですらなく、東端の部屋のドアまで簡単に上がることができてしまった。いいのか、これで。芸能人なのに。首を捻りつつ、蓉子から預かった鍵を差しこむ――どうせ電話なんかしても無駄だから、上がりこんで叩き起こせとの指令だった。

とはいえ、車を降りたところで一度、携帯を鳴らしたのだ。蓉子の言葉が正しいことを証明しただけに終わったが。

だから、他人様の家の鍵を勝手に開けることもよしとする。疾《やま》しさを消化し、そっとドアを開けた。

「真野さーん」

いささかまぬけな声を頭の後ろに響かせながら、最初は小声で呼んだ。あまり広い部屋ではない。玄関には大きなシューロッカーがあって、それはいかにも芸能人の住まいという感じだが、三和土《たたき》には、いったい何人家族だと訝《いぶか》しむような数の靴が脱ぎ散らかされている。軍靴《ぐんか》みたいなごついブーツの隣に、皮のサンダル。季節感すら狂っている。

好き勝手な方向に散らばった靴を、一足ずつ揃え、祭は端に靴を脱いで上がった。

左手にドアが二つ。トイレとバスは別々らしい。短い廊下の先にあるドアを開け、「真野さん」と、今度は普通ぐらいの音量で呼びかけた。

リビングは、玄関と同様、散らかっていた。あの三和土を見ていなかったら、度肝を抜かれていたかもしれない。酒の空き瓶とペットボトルと、エロ雑誌となぜか商店の専門誌。曇天《どんてん》の空みたいに、それらがフローリングの上に広がっているせいで床はほんの少ししか見えない。

そのありさまには目を瞑《つむ》ることにして、奥まったドアをノックした。

「真野さん」

寝室だろうと見当をつけたのだが、反応はなかった。

祭は時計を確認した。グルーミング。着替え。念のため食事。ぼやぼやしていたら、遅刻してしまう。

思いきって、ドアを勢いよく開けた。

八畳ぐらいの洋間に、クイーンサイズのベッドがでんと置かれている。周りの三方は、作りつけのものも含めてクローゼットで、窓まで塞がれていた。

薄暗い部屋で、ベッドは人の形に盛り上がっている。

「真野さん、起きて下さい」

つかつかと近づき、ブランケットからはみ出した、黒い頭に直接声をかけた。

返事はない。ブランケットだけが、規則正しく上下している。

遅刻。それがよぎるとともに「叩き起こすことね」という社長の言葉も蘇った。

「真野さん、仕事ですよ」

ゆさゆさ揺さぶると、盛り上がった人型がむくむく動き出す。

「――あ？」

さっきの自分よりまぬけな声が返ってきた。しかし、それだけで起き上がる気配はない。

「真野さん」

「……うるせー」

半分眠ったままのように言い、ブランケットの中に芋虫みたいに這い隠れようとするのを、祭は端を摑んで阻止した。

「起きて下さい。仕事の時間で――」

やにわににゅっと伸びだ腕が、祭の手首を摑んだ。

と、思ったら、いきなりぐるんと世界が回る。

一瞬、なにが起こったのかわからなかった。重たいものがのしかかっていて、それが真野の身体だと理解するまで、たかだか0コンマ何秒のうちのできごとだっただろうが、祭がパニックを起こすにはじゅうぶんな間だった。

「ま、真野さん、真野さん！　俺です、夢の続きじゃないんです」

じたばたする祭の手足を押さえつけ、真上から見下ろしてくる。

祭ははっとした。思いがけなく間近なところに、真野の顔がある。目の光で、寝ぼけているわけではないと思う。するとこれは、どういうことだ。

心音がふいに耳の奥で高らかに鳴りだした。なんでそうなっているのか、よくわからないのに鼓動が痛いほどずきずきする。顔がまた少し近づいてきた。呼吸が感じられるほどの距離になる。このままいけば、重なってしまう――。

祭は目を閉じた。頭の中には、例の週刊誌の見出しが躍っている。女も男も惹《ひ》きつける男。

しかもめっぽう、手が早い。そして自分は弱い立場。なら、これはこれでしょうがない……。

その時、ふいにのしかかる重みが消えた。

「！」

「なんだ、おまえか」

真野は既に離れている。ばかばかしそうに言い捨て、祭を突き飛ばすとふたたびベッドに横になる。

「って、二度寝しないで下さい！」

我に返った祭は、あわててそのTシャツの背中を摑んだ。

「痛えっ。なんだよおまえは」

肉まで摑んでしまったらしく、手ごたえがある。だが、それが功を奏したのか、真野は飛び起き、心底厭そうな声で、

「わかった、起きればいいんだろ。飯の時間はあるか」

そう言って、ベッドを降りる。

ほっとして、だが最後の部分にひっかかりをおぼえて、祭は後を追う。

「朝食の時間ぐらいはとってあります。でも――」

迎えがきたら速《すみ》やかに起きてほしい、ということを強調しようとして、祭は言葉を止めた。

キッチンスペースの天井からぶら下がったものを認めて。

物干し用のロープみたいなものが、端から端まで渡っている。

そこに、ずらりと食パンが洗濯バサミで止めてあった。

それだけなら、変わった保存法ですねとしかいえない。しかし、それらはあまねくカビていた。青カビが、びっしりとパンの表面を蔽っている。

祭は唖然と、その異様な光景を見上げた。右へいくほど、カビの侵食具合は進んでいて、長身をさらに伸ばした真野が、右端の一枚を洗濯バサミから外すところだった。

「あの……」

ようやく声が出た。ん、と真野が振り返る。白いTシャツの胸に、ブルドッグの顔がプリントしてあって、周りを「raging bull」という文字が囲んでいる。

その胸から顔へ視線を移すと、

「おまえも食うか?」

真顔で問われて、ぶるぶると首を横に振る。すると真野は、手にした食パンをオーブントースターに放りこみ、ストッカーからコーヒーの袋を取り出した。

「あ、俺がやります」

コーヒーメーカーにペーパーフィルターをセットしたところでふたたび我に返り、祭はあわてた。

「いいって。おまえも呑むか」

「——いただきます」

意外に気配りもできるかと思ったそばから、真野は、

「おまえに任せたら、なんかやらかしそうだからな」

澄ました顔で、祭をくさし、にやりとする。

「で、では、お食事の間に本日のスケジュールを確認させていただきます」

いちいち傷ついていたらきりがない。気を取り直し、内ポケットからシステム手帳を取り出す祭を、真野はやはり面白そうに眺めていた。


つまりは、新手の珍獣でも見つけたみたいな心境なのだろう。

メイクルームの隅に佇み、祭は鏡に映った真野を見守っていた。今日のメイクさんとは、初顔合わせだ。大きなメイクボックスを抱えて現れたのは、男だがおばさんと呼ぶしかない外見で、そういうものには馴れていたはずなのだが、ホームベース型のいかつい顔にラメのきいたベビーピンクの口紅というのは強烈なとりあわせである。

その顔で、「あらこちら、新しいヒト？」と覗きこまれた時には、朝とはまた違った意味でなんらかの危機を感じた。

「は、今日から真野の現場を担当します、左草と申します。よろしくお願いします」

それでもバネ仕掛けの人形みたいにぴょこりと頭を下げたのだが、

「ますますますます、おまえはそんなにますが好きなのか。勝手に掻《か》いてろ」

真野につっこまれ、うっと言葉につまった。メイクさんはきゃらきゃらと笑い、「厭だぁ、ホーちゃんエッチなんだから」と肩を叩く。馴れなれしい仕草にも、真野は平然としていた。

なんとなく面白くなかったが、鏡の中で次第に作られていく顔を見るのは楽しくなくもない。

今日行われるのは、セルDVDの撮影である。「龍と虎」というシリーズ物の第五弾。映画ではあるが劇場にはかからず、セルと言いつつ主戦場はレンタルショップの専用コーナーという、数々の矛盾を孕《はら》んだ分野に、実のところ祭は詳しくない。

だが、「寺木エンタープライズ」のような俳優専門のプロダクションにおいては、所属タレントの八割がこのDVDシネマで食っている状態だと就職してから知った。言っては悪いが、コンポジットの半ば以降のタレントのよりどころみたいなものなのだ。

しかし、最終頁を堂々飾る真野にとっても、今は主な仕事場なのだと考えれば複雑な気分になる。ベネチア俳優ともてはやされていたのは、そんなに何十年も前のことだっただろうか。

たしかにDVDシネマの世界では「龍と虎」の他にも人気シリーズを持っているが、専用コーナーに足を運ばない客にとっては、真野奉一は既に「昔売れていた俳優」だろう。事実、祭も入社してはじめて、まだ真野が活動していることを知ったような程度の認識だった。

それは自分の不勉強のせいなのだけれど……そうなったのも真野自身の放埓《ほうらつ》な性格のせいだ

ということを、この二日で理解したような気がする。尊大な態度、ひとを食った言動。

——ふいに、今朝のできごとが脳裏に蘇った。起こそうとしたら、いきなり組み敷かれてしまったこと。

あの時自分は、とっさに目を瞑ってしまったのだった。どうしてそんな心境に至ったのかはまるでわからないが、たしかにある種の覚悟を決めていた。つまり、そのまま真野の好きにされる、という。

すると、結局は寝ぼけて、誰かと間違えて襲いかかってきただけだとわかったことも思い出した。あの時の、妙ながっかり感。あれはいったい、なんだったのだろう。

「おい」

気がつくと、真野が鏡の前から振り返っていた。

「コーヒー買ってこい。三本」

ドレッサーの上に置いた財布を、投げてよこす。

「は、はい——種類は」

「なんでもいい。おまえの呑みたいやつで」

すると、三本と言ったのは真野本人とメイクさん、そして自分のぶん、ということなのかとは、メイクルームを飛び出した後で理解した。パシリかよ、と思ったが、パシリは普通は自腹を切らされ、そして自分のぶんなど慮《おもんぱか》ってはもらえない。

どういう人間なのか、わからなくなってきた。親切な男だとは思えないが、思ったほど悪い男でもないみたいだ。しかし、言いつける声音《こわね》は高圧的で、有無を言わさない。

そんなところは、容貌を含めた真野のキャラクターには合っているが、知らない人間の目にはいつまでもスター気取りと映るかもしれないのだ。勘違いした人間は痛い。今の世の中、なるべく痛さを露呈させずにいかなければ生きにくい。くる仕事も遠ざかる。

そうすると、自分の仕事は、まず真野の勘違いを正すところからはじめるべきだろう。昨日から半日かけて出した、それが祭なりのマネジメントの方針だった。

だが、メイクルームに戻って真野を見た時、そういったビジネスライクな思考が束の間、飛んだ。ただひたすら、真野を見つめる。

祭には、今の時点で最新である第四作をレンタルショップで借りて見た程度の認識しかない――が、そこにいるのは、まさに「龍と虎」の主役・服部龍二《はっとりりゅうじ》そのものだった。まとった、剣呑《けんのん》な空気。それは、真野自身が素で持っている剣呑さとは完全に違っている。どこがどう、と表現することはできないが、目の前にいる男はまるで別人だった。

「なんだよ」

口を開くと、やはりそれは真野だった。

「は？　いえ、なんでもありません」

魔法が解けたように現実が戻ってくる。祭はあわててコーヒーをテーブルに置いた。

「ホーちゃんが、あんまりいい男だからついうっかり、みとれちゃったのよ。ねえ？」

メイクさんにすらからかわれ、

「とんでもないです、タレントはあくまで商品ですから」

原口の口癖を、そのまま踏襲しただけのことだったが、それを聞いて真野は僅かに目を細めた。缶コーヒーを口に運びかけたまま、こちらを凝視する。

狼狽《ろうばい》が訪れた。なにか気に障ることをいま……ああ、「商品」というのがいけなかったのか。

「あ、すみま――」

言いかけた時、ドアが開いて、スタッフが真野を呼びこんだ。

「――じゃ、本番がんばりましょう！」

祭は言葉を変えた。

「……。先にリハーサルだよ」

あ、と口を押さえた祭をじろり一瞥《いちべつ》すると、

「まったく。マニュアル以外のことは言えないのかよ」

心にぐさり突き刺さる言葉だった。真野はそれきり、振り返りもしないでメイクルームを出ていく。

これはマネージャーとして失格ということなのか。後ろめたい思いもありつつ、だが現場にはいなければならない立場。

昨日までとは確実に違った一日がはじまる。


意外なことに、現場では真野の評判は悪くなかった。

いや、むしろいいといっていいだろう。セットに入るまでは仏頂面《ぶっちょうづら》だったのが、真野に気づいたスタッフらしい男が「おはよーっす」と低頭するのに、「よう。カーチャン元気？」といたって気さくな挨拶を返す。

それは、ベテランから若いスタッフに至るまで、まったく等分にふりまかれる愛嬌《あいきょう》であり、いささか尊大な態度と映らないこともなかった。いや、末端の彼らにはいいだろうが、いっしょくたにされた監督などの重鎮がどう思うか、という危惧をまじえての感想である。

事実、「よっ」の一言ですまされた、半白髪の監督は、あからさまに眉をしかめた。

あわてた祭が、「おはようございます、今日からお世話になります、『寺木エンタープライズ』の左草です」と一揖すると、彼の注意はこちらに逸れたが。

「っていうと、ウチダくんの後釜《あとがま》？　……ずいぶん若いな。あの女傑《じょけつ》も、作戦を変えてきたか。まさか真野を子どもに任せるとは」

次いで吐き出されたコメントの、不本意な部分には目をつぶり、

「いえ。こう見えて二十歳は越えてますんで。先月入社したばかりで、おっしゃるとおり未熟

者ではございますが、どうぞお手柔らかに」

あくまで下手に躱《かわ》す。

「……ふん？　というと、新卒か。近頃の若いのには、骨がないからな」

骨のあるなしは別として、就職氷河期に職を選べなかった落ちこぼれだとばれたらどうしようと思ったが、監督はそれきり興味もなさそうにスタッフに指示を出した。

気がつくと、真野がこちらを見ていた。鋭い眼差しが、矢のように突き刺さる——が、刺さった先は祭ではなく、背中を向けた監督の小松崎《こまつざき》のほうだった。そういえば、両者の仲はあまりよろしくないらしい。しかし、小松崎のなにが真野の不興を買ったのかはわからない。

小松崎自身が気づいていないのが、せめてもの救いだった。

その間にも、リハーサルは進んでいく。

撮影現場に立ち会うのははじめてではないが、自分のついているタレントの現場というのは初体験だった。祭はすぐに、その世界に引きこまれた。参考程度に観たDVDとは、やはり迫力が違う。

なにより、真野自身が別人のように生き生きと動いている——「4」しか知らない祭にも、服部龍二というその役を真野が完全に自家薬籠中《やくろう》のものとしてこなしているのが伝わった。

それは、共演者やスタッフにも同じらしい。真野が動くたび、セットにいい意味での緊張が走った。次第に、今自分の目に映っているのは、かつてのスター・真野奉一ではなく、関東侠生会《きょうせいかい》頭たる服部龍二そのものだと思えてくる。架空の人物に、そこまで現実感をおぼえたことはなく、祭はそんな自分にとまどいつつもじゅうぶんに初めての現場を堪能した。

リハーサルから本番、撮影は順調に流れていく。不馴れらしい新人女優にも、真野は軽口をたたいてリラックスさせている。よくよく見ると、それは祭が高校生の頃、よく目にしたグラビアアイドルだった。当時既に二十五歳とかそのあたりだったから、今はもう三十を過ぎているのだろう。そういえば、いつからか見かけなくなったと思ったら、ここに活動の場を移していたのか。

なんとなく気鬱《きうつ》が胸を塞ぐのを感じた——「DVDシネマは、落ちぶれた芸能人の吹き溜まり」……誰が言ったか、そんなフレーズが浮かんだためだ。実際、自分だってそんな認識だった。

今、深みのある紫のスーツをりゅうと着こなした真野は、誰が見たってほれぼれする男ぶりだ。一言セリフを発すれば、どんな厳しい監督だって黙らせることができる。迫力と、役に入りこむテクニックは、誰にも文句のつけようがないだろう。

しかし、それがDVDシネマである、というだけで世間の多くには吹き溜まりの中の一人としか見なされないのだ……という以前、彼らの多くには、真野のこんな姿を見る機会すらない事実。

理不尽だ。そう思った。それは、ジャンルの性格上、ヤクザ役が多くなるのはしかたがない。

だが、これほどの俳優を存在すら知らないで終わる、そんなことがあっていいのか。

胸の中に、虚しく風穴があいているようだった。真野が輝けば輝くほど、現状がクローズアップされていくようで、なんともしょっぱい気分になる。消えた芸能人。そんなカテゴリーに、なぜ真野が仕分けされなければならないのか。可愛い顔とおっぱいしかとりえのなかったような元アイドルと、どうして同じ現場に立たねばならないのか。

そんな義憤《ぎふん》とともに、見直すような気持ちがあったのに、「カット!」の声がかかるや真野は姿勢を崩す。

その、だらしなくゆるんだ背中が振り返って、

「おーい、マニュアルくん、お茶!」

いたって不遜《ふそん》に言いつけた。

それが自分を指すと、とっさには祭にはわからなかった。狼狽していると、

「といって悪ければ、テンプレくん?」

真野の眸《ひとみ》が焦点を結び、その線上に自分がいる。

そう理解した時には、周囲で爆笑が起こっていた。

就業規則にのっとったような言動しかとれないと、周りにまで宣伝されたみたいなものだった。

深夜近くなって、祭は本社に戻った。

車を返すためである。もう誰も残っていないだろうと思っていたオフィスには、しかし蓉子と栗原がまだいて、社長は栗原の隣のデスクに尻を乗せていた。

二人の間に、焼酎のボトルがでんと鎮座《ちんざ》しているのを目にして、祭はめまいをおぼえた。今さらだが、やっぱり普通の会社じゃない……。

「あらお疲れー。どうだった？　真野は」

そんな祭の、げんなりした気分には気づかないのか、蓉子が明るく声をかけてくる。彼女はしかも、湯呑みに直に注いだ酒を呑んでいるようだ。こんな社長に、真野のことをとやかく言う資格があるだろうか。

思い、いつのまにか自分が真野側に立っていることに気づいてややびっくりした。

「……いえ、普通に終わりました。ええと、領収書は、そっちに入れておけばいいんですよね？」

経理担当者の机は、当然ながら空っぽだ。書類箱に今日のぶんの領収書を放りこみ、そこで祭の用事はすべて終わる。

しかし、社長プラス先輩社員が、まるで普通の顔をしてそこにいる事実が、祭をしてすんなり上がらせない。

「お疲れー。左草くんも、一杯やる？」

まだ、いくぶん常識人であろう栗原に救いを求めるも、にこやかにボトルの首を摑んで振ってみせられただけである。祭はいえ、おかまいなくと慇懃《いんぎん》に辞退した。

「それで、真野はあなたを困らせることもなく？」

足をぶらぶらさせながら、蓉子が問う。右手には湯呑み。

「はあ。特には……いや」

思い当たるふしに、祭は言葉を止めた。

「なになに、さっそくなにかやらかしたの？　あいつ」

……自社のタレントのことなのに、その、不祥事を歓迎するかのような興味本位の目つきはどうなのか。

ふたたびむっとしつつ、

「たいしたことじゃないんですけど」

祭は続けて、真野の部屋のキッチンにぶらさがっていたカビの生えたパンのことを告げた。

「うわあ、猟奇的ぃ」

栗原は厭そうに首を縮めたが、蓉子はあははと笑う。

「それで？　彼、それを食ってみせたの」

「……いかにも旨《うま》そうに、食されてましたね」

しかも、炭かと思うほど真黒に焼いた後に、バターをたっぷり塗りつけて口に運んだ。

「それは『いかにも』奴らしいパフォーマンスね」

蓉子は、湯呑みを持っていないほうの指を立ててみせた。

「パフォーマンス……？」

「なにも知らない祭チャンへの、こけおどし？　ていうか、変人と思われたいんでしょ」

こともなげに言い、うながすように栗原を見る。

「左草くん、素直そうだから」

「は……そういうものなんですかね」

あの、木炭みたいに焦げたパンを、旨そうに食ってみせたことが、パフォーマンス？　変人に見せるための、こけおどし？

祭には理解できなかったが、二人の女は問題解決したといわんばかりにうなずきあっている。

彼女らのほうが自分より、真野と接した時間は長い。

その二人が太鼓判を押すのだから、事実なんだろうが……エレベーターで降下していきながら、祭は頭を振った。「マニュアルくん」と呼ばれたことだけは言えなかったが、それは自分のいわば意地である——というより、単純に恥ずかしいと思う気持ちが大きいが。まだ全然、真野から認められていない。マネージャーとしても、きっと、自立した一人の男としても。

しかし、そうだとして、というのはあのカビパンの件がこけおどしだったとしてという意味だが、そんなパフォーマンスをしてみせる意図とは、いったいなんなのだろう。変わり者と見られたい、だけではなんだか納得できない。だいいち、自分みたいな不馴れな新参者に対し、猫だましみたいな先制攻撃をしかける必要などあるだろうか。俺はこんなに、変わった人間なんだぞと。

たしかに、一筋縄ではいかない男だと思った。手ごわい相手だ。

しかし、しょせん自分なんて、昨日や今日の業界人である。俳優のレベルでいえば、役作りを終えて初めて現場に立った新人、真野本人に言わせれば「マニュアルくん」ではないか。教えられた以上のことなど、業界についてなにも知らない。

あの、真野の鬼気迫る姿……あれを見せつけるだけでじゅうぶんだった。たとえ、ふだんがどれだけの凡人だろうが、素直に頭が下がる。

だからこそ、こんな現場で、などと思ってしまったのだ——祭はそこで、オフィスを出る直前に蓉子からかけられた言葉を思い返した。

『だけど、芝居に関しては、彼は本物だから』

と、社長は請け合ったのだ。

それにはまったく、異論はない。

『だから、どんな現場で小さい役だろうが、いつでも全力投球。あんたは、それをひたすらサポートする。いい？　真野が、他のことに気をとられず、芝居に専念できる環境を整えるのが、あんたの仕事――舐めないでね』
そんなのわかっている。僅か一ヵ月とはいえ、原口から現場担当マネージャーの心得は叩きこまれている。間違いはしない。明日からは、マニュアルに従った行動などはとらない。

翌々日の朝、祭は電車で真野のマンションに向かった。

前日はオフである。が、祭まで仕事がないわけではない。清算や、報告書の作成。昼間の人気バラエティのチェック……その番組には、日替わりでゲストが出演している。自タレとつながりのある相手なら、花を贈らなければならない。場合によっては、一際目立つものを。

だが、ロードショー公開されるような映画とは違い、ＤＶＤシネマで決まっていることなど発売日ぐらいのものである。そして、「龍と虎５」の発売日は、まだまだ先だ。

徒労に終わった一日のことなどはいいとして、今日は雑誌のインタビューが入っている。専門誌だが、新作をアピールする、いい機会だ。

かつては世界三大映画祭のオープニングを飾るような作品の主演も務めた真野奉一だが、度重なるスキャンダルが仕事のグレードを下げてきたことは、蓉子から聞いている。警察沙汰にもならない程度のヤンチャとはいえ、スポンサー離れを呼んだのが痛かった。薬物疑惑がたびたびとりざたされる俳優になど、ＣＭの仕事がくるはずもない。まして、今事務所は、瀬戸未希という、それこそスポンサー受けの絶大にいいタレントを擁《よう》している。

伸びざかりの未希を邪魔しないというのが、当面の課題だというのはいかにも情けない話だ。しかし、それが真野の現状なのだ。

一昨日から、何度となく嚙みしめたそのフレーズを奥歯で反芻《はんすう》しつつ、祭は電車を降りた。

センチュリーは、事務所の持ち物である。取材の入る現場に、一線級のタレントが颯爽《さっそう》と乗りつけるからこそ効果を生む。

要するに、会社の構想から外れた真野の送り迎えに使うには、まったくふさわしくない車だということだ。今日からは、真野の車で移動するように言い渡されていた。

『前からそうなのよ。あのヒト、いい車持ってるし』

足りないものは運転手——というわけで、月島でメトロを降りた祭は、一昨日車で走ったのと同じルートをたどり、駐車場を探した。蓉子から聞いた名前と同じ駐車場を見つけたが、真野の車があるはずのレーンは空だ。

厭な予感に見舞われた。自分でないなら、真野本人が車を動かしているのだとしか考えられない。

リビングの光景が頭をかすめる。相当な酒好き。そんな真野が、現在飲酒運転をしていない可能性は、さて何パーセントぐらいなのか——。

駐車場を出て、急ぎ足になった。いきなり背後でクラクションの音が鳴り響いた。

「一人？　乗ってかない？」

真っ赤なジャガーの運転席から顔を出したのは、まぎれもない、自分の求めていた相手だった。安堵《あんど》のためなのかなんなのか、膝から力が抜けていく。

「なんですか、そのナンパみたいな文句は」

真野はしかも、サングラスを頭に載せた、完全芸能人仕様だった。

そんな恰好で、髪を下ろし、派手な車から派手に身を乗り出している。声をかけられたのが自分でなかったら、どうなっていたんだと思い、ついつい冷淡な声が出た。

「だって、ナンパだもん——乗らない？」

真野はにやりとする。はっと胸を衝かれ、ややあって気を取り直した。戯言《ざれごと》につきあっている場合ではない。

「っていうか、なんで携帯の電源切っとくんですか」

結局、助手席に乗りこむことになる。豹柄のシートにおさまって、なんとも居心地悪い思いで祭はドライバーズシートを横目に見た。ジャガーは私物で、他人にハンドルをとらせたくないと言われれば、それ以上反論する言葉もない。

「ん？　オフだから」

ステアリングを握りながら、真野はあたりまえみたいに応じる。

「今日は仕事ですよ！」

「日付が変わってたのに気づかなかった」

「じょ、冗談を……」

そんなことにも気がいかないというのは、したたか呑んでいたわけなのだろうか。厭な予感は、半分ぐらい的中しているのか。

「オフの日に、なにをしようがそれは真野さんの自由ですよ。しかし、日が変わるまで気づかないような遊びは」

「あーもう、やいやいやいやいやい、うるさいなあ」

祭の小言は、たやすく遮られた。言葉通りうるさげに頭を振って、真野は心底厭そうな顔になる。

そんな表情を見て、傷つく思いがわくのは、どうしてなんだろう……やや弱気になりながら、でも、と祭はつぶやく。

「今日は仕事なんです。いちおう相手様のあることなんです。前日の夜遊びなどは、できるだけ控えていただけるとありがた……いっ？」

真野がなにをやったわけでもない。だが、その時ぷんと鼻先に漂った臭気に、祭は目を瞠《みは》る。

「ま、ま、まのさん、酒、酒、飲酒運転！」

動揺のあまり、単語しか出てこない。半分どころか、全的中だ。

「は？　べつにいつものことなんですけど……」

「じょ、冗談じゃないっ！　代わって下さい、今すぐに」

芸能人が酒気帯び運転で検挙されるなど、とんでもない話である。しかも、なにかとお騒がせな真野奉一のこと、どれだけ面白おかしく報道されるかわかったものではない。そして、また仕事の範囲がせばまっていく……。

祭からすれば、まっとうな言い分だったのだが、

「ちぇ。お堅いんだねえ、やっぱマニュアルくんは」

攻守ところを代え、助手席に移った真野は頭の後ろで手を組み、つまらなそうだ。

「常識の話ですよ。公共のマナーを守るのはあたりまえです」

悔しくて言い返すと、

「常識ね。そんなことを気にするあたり、さすがは名門大学出の学士サマ？」

逆に茶化され、むっと口を引き結んだ。大学をまともに卒業したのも、常識的な人間なのもべつに非難されるようなことではない。どうして、「学士サマ」などといっさい尊敬の念の感じられない呼ばれ方をしなければならないのか。前任者である内田も、この調子で「病院送り」にされたのだろうか。

少なくとも、真野にはある種の学歴コンプレックスがあるようだ。

そういえば、この男の最終経歴は高校中退というものだった。ロックな人間として、それはどちらかというと正しい肩書きなのではないかと思うのだが。

一昨日は認めざるを得なかったとはいうものの、「演技をさせればすごい」なんて、それほど尊敬に値する事実でもないと知った。これで少しの常識があれば、という話だ。どれほど仕事で結果を出そうが、一片の常識を欠いたことにより、固めたはずの地歩など簡単に崩れていく。真野にとっては不本意だろうが、芸能人とはそういうものだ。

そして、そういった基本的な認識を、この男には一から叩きこむ必要があるのだと祭はあらためて思った。

それにしても、真野がそんなコンプレックスを抱えていたとは意外だった。今はＤＶＤシネマでヤクザ専門だが、以前は医者や学者といったインテリ役もこなしていたのだ。医師役を演じた映画を、祭はテレビで観たことがある。専門用語を駆使した長ゼリフや手術シーンなど、さすがの迫力だった。そこには、学歴を恥じる屈折した心理などみじんも漂っていなかった……もっとも、そんなものを漂わせていては演技が評価されたり、受賞歴を重ねることはできないだろうが。

もう少し、押し上げられた仕事のラインを戻したい。蓉子もそう言っていた。実情はどうあれ、真野奉一はＤＶＤシネマで終わるような俳優ではないはずだ。

そして、そのために尽力するのが自分に課せられた使命なのだ。

## 2

それから一週間後、「龍と虎5」は無事クランクアップした。

セット内に拍手が起き、あちこちで「お疲れ様！」と声が交わされる。男の多い現場である。いかにも男臭い空気が支配して、真野《まの》の相手役を務めた元グラビアアイドルの女優など身を縮めているのがわかった。

こういう時には花束贈呈がある。研修期間中に祭《まつり》もあちこちでそういうシーンを目にした。DVDシネマの現場では、そういった華やかな儀式は行われないようだ。女優さんもいるのになんだか気の毒だな、と思っていると、ジャケットを引っかけただけの半裸姿の真野が、彼女に歩みよった。なにごとか声をかける。女優はぱっと顔を上げ、ぼうっとした目で真野を見つめた。

何度も頭を下げる彼女の肩をぽんと叩き、真野は大股にこちらに向かってくる。さらしを巻いた腹の上、引きしまった胸筋がちらちらするのを見ると、なぜか目を逸《そ》らしてしまう。

先ほど目にしたばかりのシーンを、祭は思い出した。真野と女優の濡れ場だった。

元アイドルを気遣《きづか》ってか、さすがにその時は人払いがされた。監督と、最小限のスタッフとともに、彼女のマネージャーと祭だけが立ち会うことを許される。

セットの隅で、祭は撮影を見守った。元グラビアアイドルの、現役時代と変わらぬ真っ白な肌や、豊かな胸に厭でも視線を誘われたのは最初のうちだけで、すぐに祭は真野のほうに目を奪われた。

ヤクザ役とあって、背中から胸にかけて見事なの龍と牡丹《ぼたん》の彫り物がほどこされている。もちろん、ほんとうに墨を入れたわけではなく、染料で肌の表面に描きつけただけの刺青《いれずみ》だが、控室で見せてもらった時、ぎょっとしたのも事実だった。

その、一見すると本物に見える墨を背負った真野が、女優に蔽《おお》いかぶさっていく。白い肌の上に、浅黒く逞《たくま》しい背中が重なって、隅のほうで見ているだけの祭の胸はわけもなくざわついた。

刺青よりも、ほんとうは、真野の身体にどぎまぎしてしまったのかもしれない。マッチョというのではなく、ほどよい筋肉をしっとりとまとった、鋼《はがね》のような肉体だった。長身で肩幅もあるから、洋服が似合う……しかし、裸のほうがもっと見事だということに気づいた。

その、無駄なところのない身体が、女優の上で蠢《うごめ》いている。

真野が動くたび、背中の龍が流れるようにうねった。

疑似《ぎじ》だとはわかっていても、なにか真野のプライベートでのセックスを目の当たりにしたような気がして生々しい。

そう感じるとともに、初日に迎えにいった時に、いきなりベッドに押し倒されて、組み敷かれたことが脳裏に蘇ってきた。

この身体が、あの時自分にのしかかっていたのだ。

いまさら確認するようなことでもない。どちらかというと、忘れたい場面。特に、最後の瞬間に覚悟を決めてしまったことなど。恥だとしかいえない。己の心の動きは追いきれないのに、ひとりでに頬が熱くなってしまう。

なのに、もし今、あそこで真野に抱かれているのが自分だったら、という想像がどうしても止まらず、そんな自分にぞくっと背筋が痺れた。自己嫌悪なのか、それともほかの何かなのかはわからない。

ひどく居心地悪く感じた。だが、マネージャーがそんな理由で中座するなんてありえない話である。いったん目を背け、カットの声に視線を戻した。

それがラストシーンだった——濡れ場でクランクアップというのはどうなのだとも思うが、相手役のスケジュールの都合上、こうなったらしい。

そんなことを思いめぐらしていたせいで、呼ばれたのに気づかなかった。マニュゾー、という声にはっと顔を上げると、真野が怪訝《けげん》そうに見下ろしていた。

「は？」

この立ち位置なら、自分を呼んだのだろうとは思う——だが、「マニュゾー」？

「お、俺のことでしょうか」

いちおう確認せずにはいられない。

「他に誰がいるんだよ……マニュアル通りだから、マニュゾー。なんか問題あるか」

真野はにやりとした。またそれなのか。脱力しそうになるのを堪え、祭は笑顔を作った。

「ありません。早く他の渾名《あだな》をつけていただけるよう、がんばります」

すると、相手は奇妙な表情になった。めげないことに拍子抜け——それとも、なんと鈍感な奴と思ったのか。でも、そのどちらとも違う色が整った顔に一瞬浮かんだ。祭は目を見開く。

「——おかしな奴」

すぐに表情を戻すと、僅かに唇を曲げそう言った。そのままさっさとスタジオを出て行く。

あわてて後を追いながら、祭は目裏になおまとわりつく画像を消した。


その夜は、打ち上げだった。

撮影所から移動し、六本木のダイニングバー。ドアの前に「本日、閉店まで貸し切りです」という札が下がっている。

祭は車の運転があるため、酒は呑めない。もともと嫌いなほうではないので、ちょっと辛かったが、学生時代とは違うのだと自分に言い聞かせる。

それでもすすめてくる、悪乗りしたスタッフたちを丁寧《ていねい》に断わり、カウンターに凭《もた》れてウーロン茶のグラスを舐めた。

そうしながら、視線は店の中心部に吸い寄せられる。主演俳優は、当然のように人の輪の真ん中にいた。時々、どっと笑い声が上がる。

なんとなく疎外感が訪れて、祭はうつむいた。

「どうしたの、呑まないの」

ふいにやわらかな声がして、目を上げるとスクリプターが立っていた。珍しい女性スタッフだが、「CO-MATSUZAKI　GANG」と白抜きで染められた黒いTシャツにデニムという、現場スタッフのユニフォームのままである。

「いえ。呑めませんので——車ですから」

「あ、そうか」

彼女は、祭と同じようにカウンターに背中を預けて並んできた。

「運転するんだもんね。最近はもう、不景気だから、真野さんクラスでも車出せないのが情けないところよね」

「いえ、そんな……」

不況の波が、芸能界だけ避けて通るはずもなく、今はどこも苦しい。以前ならテレビ局が持ってくれたタクシー代が出ず、仕事場までの足はタレント自身で確保しなければならない。最近、芸能人の交通事故が頻発《ひんぱつ》しているのは、そういった原因によるところが大きいのだろう。若手からベテランまで、自らハンドルを握るが、馴れていないから運転を誤ることになる。真野の場合は、好きで運転したがる、平気で違法行為をしでかしそうな男を、もちろん事務所は放ってはおかない。

「でもまあ、おかげで優秀な人材が、うちみたいなところにもどんどん入ってくるようになったのは、ちょっとお得って感じ？」

彼女は、化粧っ気のない顔をほころばせた。

「私なんかは専門卒だけど、早稲田や慶應《けいおう》や一橋《ひとつばし》出て、DVD制作会社の営業だもんねー……きみも、そんなクチ？」

「あ、はい……」

口ごもったのは、この気のよさそうな人にもまた、学歴コンプレックスが根ざしていたか、とがっかりしたというのではなく、たしかに学歴はそれなりかもしれないが、それが今のところなんの役にも立っていない事実に気後《きおく》れを感じたためだった。

専門ということは、はなからこの世界を目指して、映像制作に特化した勉強をしてきたのだろう。明確な目標があったということだ。

翻《ひるがえ》って自分は、志願して芸能プロダクションに入ったわけではない。そこしか選べず、しぶしぶと……いやまさか、そこまで気が乗らないまま入社したはずもないし、今は素人《しろうと》同然な自分にだって、なにかできることがあるとも思う。

思い、ふと疑問がさした。仕事だからやる。義務だからがんばる。

一見謙虚な態度のようだが、はたしてそれは正しいのか？　むしろ、そんな気持ちがあるから、マニュアル通りの対応しかできないのではないか。なら、そんな自分に「マニュゾー」という渾名をつけた真野は間違っていなかったことになる……。

こんな気持ちをしみじみ嚙みしめるというのは、やはりどこかに疚《やま》しさがあるからだ。

そして、真野から認められたいと強く思う。

「そっか。未来の幹部候補ってわけだ」

彼女はまた笑った。

「いや、とてもとてもそんなことは……」

「そのくらいの意気ごみで、真野さんを盛りたてて下さいよ」

脇腹を肘でつつかれた。

「あ、はい」

「まったくね、真野さんみたいな本格派が、言っちゃゃなんだけどメインストリームから外れたＤＶＤシネマの世界に埋もれてるなんて現状みると、日本の芸能界はおかしいって思う」

「いやそれは」

真野自身の素行《そこう》が災いしたのではないか。スキャンダルを起こすごとに、スケールダウンしていった仕事。

そう思ったが、まさか自社のタレントをくさすようなことは言えなかった。祭は黙りこむ。

「もちろん、素行がよろしくないことも含め、よ。だからこそスターなのよ。この世に二人といない、ね」

「……そうなんですか？」

「そうよ、ああいう人、昭和の芸能界にはけっこういたわけよ。豪放磊落《ごうほうらいらく》、破天荒《はてんこう》……それが今じゃ、写真週刊誌が怖くて、誰も彼もが表面上だけはいい子ちゃん。そのくせ、裏ではあの頃以上にひどいことやってる連中ばっか」

祭は素直に、彼女の長広舌《ちょうこうぜつ》に耳を傾けていたが、どう返していいものかわからず困る。

「──昭和の頃から、この世界におられたんですか」

「まっ。そんなわけないでしょ」

で、結局不興を買ってしまった。

「いやもちろん、そんなわけはないなって……」

だがいいわけを言い終えることはできない。

突然、店内に轟《とどろ》いた怒号《どごう》に寸断されたのだ。

「もういっぺん言ってみろ」

声はそう言っていた。

「ああ？　一回聴いてわかんないってか？　しょうがねえな、だから、あんたは甘いんだよ」

祭はぎょっとした。応じたのは、たしかに真野の声だったからだ。そして、先に聞こえたのは、監督の小松崎のそれだった。

トラブルメーカー、ワンマン、演出家との衝突。不仲説。

脳内をさまざまな言葉が巡ったが、どれもみな不吉なワードだった。祭は、スクリプターに会釈して、場を離れる。

「俺のどこが甘いって？」

「だから。今回にしてもさ。だんだん、服部龍二《はっとりりゅうじ》がヒーローで、俠生会《きょうせいかい》は正義の味方みたいな感じになってきてんだろ。そりゃ変だろうが、なんだかんだヤクザなんだぜ？」

中央のテーブルの前で、両者は向かい合っている。監督は小柄な男で、万力《まんりき》で縦方向にぎゅっと縮めたみたいな体型をしている。

その髭面が、二十センチはゆうに高い真野にくってかかっているさまは、まるで子どもが背伸びをしているみたいだ、と考え、祭は思い直した。今はおかしがっている場合ではない。

「シリーズが続くってことは、それだけ客の思い入れも深まるってことなんだよ！　なにもわかっちゃないくせに、きいたふうなこと言いやがって」

「すみません、通して下さい」

二人を遠巻きに囲むギャラリーを掻きわけるようにして、祭は真野の背中に向かった。さっきまでほどこされていたカラフルな彫り物がちらと胸をよぎる。するとなぜか息苦しくなって、そんな自分を振り切るように、「真野さん」と声をかけた。

「客が喜びゃ、ヤクザもヒーローかよ。黒いものも白くなるって？　とんだ数の論理だな」

「み、民主主義ってのは、そういうものだ――」

小松崎の言い分がだいぶ苦しくなったところで、

「まあいいじゃないですか、真野さん」

祭にジャケットの裾を引っ張られ、剣呑《けんのん》な顔が振り返った。

どぎまぎしつつ、

「せっかく無事に撮了して、こうしてみんなで楽しくお祝いしてるんですし。そんな場に、水をさすことないですよ……もうしわけありませんでした、監督」

真野のむこうに見える小松崎に、深々と頭を下げる。

「なに勝手に謝ってんだよ。ったく、マニュゾーがよ」

不快そうに言い捨て、真野は踵《きびす》を返した。

「おい、まだ話は終わってないぞ。逃げる気か」

あきらかに劣勢なのに、まだ続けるつもりだったのか。真野を引っ張り出しつつ、祭はあきれて小松崎を見る。

「はぁ？　やるかてめえ」

「おまえこそ、この俺によくそんなことが言えたな。仕事のないおまえを拾って、使ってやったのは誰だと思ってんだ」

身がまえたままの体勢で、真野の肩がびくりと跳ねた。殺気。祭は焦る。

「ちょ、真野さん！　お二人とも、映画の続きなら6で存分にやって下さい」

「うまいっ」

だが、
誰かが入れた半畳《はんじょう》に、荒れかかった場がおさまろうとした。

「こら！　マネージャーまでいっしょになって、俺をコケにすんのか！」

祭は驚いて振り返った。そんなつもりなど、まったくなかった。

「いや誤解です。俺は――」

今にも飛びかかってきそうな相手の気配にひるみつつ、弁明する。

「まあまあ、まあ。監督、ここはいいじゃないですか。彼、新人さんですし、悪気がないのは誰が見たってあきらか」

止めに入ったのは助監督で、小松崎のマネージャーも兼ねている男だった。だが彼は、最後まで主張できなかった。振り向きざま、小松崎がその顔面に一発入れたためだ。

さすがにどよめきが起きる。小柄な身体に似合わぬパンチ力。それが、今に限っては裏目に出て、助監督は一メートルほども吹っ飛んだ。

あとは、もうよくわからない。

カオスと化した店から、真野を連れてすたこら逃げだすしかなかった。


正確には、祭が真野に連れだされた形だ。

まだ人通りの多い街路を、真野は速足ですたすた進む。

その背中を見失わないよう、祭は必死についていく。

いったい、いつまで歩くつもりなのか。しだいに変わっていく周りの光景に、内心焦る。

やがて、飲食店の立ち並ぶあたりにさしかかり、ようやく真野がこちらを振り返った。

「おまえもいっしょにくるか？」

もう穏やかな顔になっている。ほっとして、だがまだ油断はできない。

「って、どこへですか？」

周りは八割がた、風俗店だ。

「俺のいくところへ」

「……。なんですか、その遠まわしなプロポーズ」

茶化したつもりはなかったのだが、

「はあ？　なに言ってんだ馬鹿野郎」

広い肩幅で、ますます風を切るように歩を速める。

正直、疲れていた。現場では、撮影がスムーズに終了することを願いながら真野を見守り、盛り上がるはずだった打ち上げの場をぶち壊され……いろいろあって、精神はもちろん、身体的な疲労が祭を蔽《おお》っている。

「クラブだよ」

思い直したように、真野が振り返った。

クラブか……一瞬了承して離脱しかかったが、すぐに「クラブ＝薬物＝風評被害」という式が頭に浮かぶ。噂は噂で、悪意によるものでしかなく、真野が実際薬物を使用している事実は、「百パーセントない」と蓉子《ようこ》は断言していたのだが……。

「おっ、お供《とも》させていただきます」

先を歩きながら、真野はジャケットのポケットに手を突っこんだ。なにかメモのようなものを取り出すと、丸めて路上に放った。

「真野さん、公共のマナーぐらいは守ってもらわないと」

注意すると、「ふん」と鼻を鳴らす。

「なに捨てたんですか」

「あの女の子から渡された。携帯の番号じゃねえの」

「！　そっそんなものを公道に撒《ま》いたらまずいでしょうが」

祭はあわてて、メモを拾いに戻る。丸まった紙を広げると、なるほど女優の名と十一桁の番号が走り書きされていた。目眩《めま》いを堪え、祭はまた小走りに真野に追いつく。

しかし、辿りついたのは、轟音渦巻くダンスフロアではなく、上に「キャバレー」のつくほうの「クラブ」だった。

「ここですか……」

ある意味、安堵したが、だからといっていまさら回れ右をして帰るわけにもいかない。

「そりゃそうだろうが。なんだと思ったんだ？　ああ？」

追及されて、あうっと詰まる祭を見て、

「ほんとにミョーな奴だ。お供するって、てめえでくっついてきといて」

真野はどこか嬉しそうに言った。

「いらっしゃいませー。あら、ホーちゃん。久しぶりぃ」

案内されたテーブルに、すぐに三人のホステスが現れた。中でいちばんベテランと思われる、青いロングドレスの女が真野に飛びつかんばかりにして歓迎する。

なんとなくむっとして、祭はやけにドスの効いた低音の女を見やった。どうやら彼女が真野の馴染《なじ》みで、他の二人はヘルプらしい。

「こんばんわぁ、真野奉一さんですよね？　俳優さんのテーブルに呼ばれるなんて、あたしはじめてでぇす」

「あたしもでぇす」

「おう、よろしくな」

ゴグとマゴグとでも呼んでやりたいくらい、よく似た若いホステスたちにも真野は愛想よく言う。ほんとうに、分け隔てしない。こういうところは、美点と認めていいのではないだろうか。

真野のボトルらしいレミー・マルタンが開けられ、双子のどちらかが作った水割りを、いつしか祭は手にしていた。「いや僕はウーロン茶で」という要請は、どうやら届かなかったみたいだ。隣のテーブルが騒々しいから、聞こえなかったのだとしてもしょうがない。

車を止めた場所からは、既に遠くなっている。ここからあらためてあの店の近くにある駐車場に真野を誘導することはまずいだろう。厭でも小松崎との、乱闘寸前の諍《いさか》いが蘇ってしまう。今日のところはタクシーで送り届けた方がいい。

そう判断し、祭は思いきったつもりでぐっとタンブラーを傾けた。拍子抜けするほど薄かった。

「あらぁ、じゃ、こちら真野サンのマネージャーさんなんですかぁ？　やだぁ、うんと若いから、同じ事務所の新人さんかと思ったぁ」

言われて、祭は拍子抜けしたままではいられなくなる。

ヘルプの二人が、つけ睫毛《まつげ》を瞬かせて祭を見ていた。

「はは。いやあ、同じ事務所の新人なことは、同じ事務所の新人なんですけどね」

頭に手をやり、おどけてみせる。

「どうせ俺は、おっさんだ。悪かったな」

膨れてみせる真野に、

「やだ、ホーちゃんはホーちゃん、いい男じゃない。若けりゃいいってもんじゃないわよ」

なじみらしいアキが言う。

「そうですよぉ。あたしはぁ、真野サンのほうがいいなぁ」

「あたしだってぇ」

……結局、俺はダシにされるためだけの存在なわけか。

むっとしかかったものの、真野がモテているのは、マネージャーとして受け止めれば悪い気のするものではない。世評から推して、もっと厭な男でもしかたがないと思っていた。だが、ぽつぽつと明るみに出る真野のひととなりは、決して悪いものではない。

「真野真野って、なんだと思ったら、おまえ真野奉一《まのほういち》じゃねえか。『レイジング・ブル』のよ」

突然、新たな声が割りこんできた。

祭はぎょっとして、仕切りのむこうにすっくと立った男を見上げる。

四十がらみで、見るからにカタギではない。次いで上半身を露《あら》わした男も同様だ。派手なチ

エックのジャケットを見せつけるようにして、

「ほんとだ。『レイジング・ブル』の真野だ。最近は、俳優やってるって言うよな」

厭味ったらしい言葉つき。

背筋に怖気《おぞけ》が駆け昇ってきた。一難去って、また一難。悪そうな男たちが、真野に因縁をつけようとしている。真野が俳優として活動していたのは、二十年近くも前のこと、それもたいして売れなかった。真野が俳優としてブレイクしたから、その前身として注目されたというにすぎない。

その、ぱっとしなかったバンドの名をやたらと連呼するということは、真野に辱《はずかし》めを与えたい意図がある証明だ。祭は警戒しながら彼らを見る。

「ああ、真野奉一だよ。そのバンドじゃ、さっぱりだったけどな」

意外だった。馬鹿にするような薄笑いを浮かべながらも、真野が適切な受け答えをしたのに意表を衝《つ》かれた、などというのはマネージャーとして失格だろうか。わからないが、自分が怒る場面ではないという空気だけは読める。

「違いねえ。おまえ、歌ヘタだったもんな」

「そうそう、ところが息子がまた、親父の血を引いてヘタレたバンドやってるっていう」

「まったくだ。才能なんて、カケラもねえけどよ、真野奉一程度でも、七光って効果あるのかねえ」

「ないから売れないんだろ、なにしろ二十歳《はたち》前に作ったガキだしよ」

祭は、全身から血の気がひくのを感じた。次いで、熱い塊が腹の底ではじける。過去はさておき、息子のことまで揶揄《やゆ》するなど、いくら酔っぱらいだろうが許せない。

隣を窺《うかが》うと、小松崎に応戦した時よりも、いちだんと険《けわ》しい表情でいた。

「でも、今は籍に入ってませんし、息子さんも自力でやってますから」

それが、マネージャーとして適切な発言だったのかはわからない。

しかし、二人組の注意が逸れたことはたしかだった。

「ああん？」

口火を切ったほうの男が、目を眇める。

「なんだい兄ちゃん、俺らにイチャモンつけようっての？」

それは正しく、あんたらのほうじゃないか。

出かかった言葉を呑みこんで、祭は愛想笑いを作った。

「いえいえ、そんなつもりは。こちらの声、喧《やかま》しかったですか？　それならすみません。でも、なにぶん声を張り上げないとお互いの言葉が聞こえなかったものですから、周りが騒がしくて」

暗に、うるさいのはおまえらだと表明した。

あんのじょう、男たちは色をなした。

「俺らにそんな口をきく、兄ちゃんあんた、誰なわけ？」

「そういうそちらこそ、どこのどなたなんでしょうか。うちの真野は、いたって真面目にお仕事させていただいてるんですけどね、世間様になんら疾《やま》しいところもなく——」

売り言葉に買い言葉、酒の席ではよくあるトラブルだ。

だから、受け流せなかった自分が悪い。

とは、あいにくその時の祭には考えられなかった。だから、胸を張って相手を見た。

「くそ生意気なガキだな——どうなるか見てろ」

言うより早く、拳《こぶし》が飛んできた。右。方向はわかったが、いかんせん躱《かわ》せるほどの余裕も技術もなかった。

だが、祭の顎を砕く寸前で、何かがその拳を止めた。

「？」

「こいつには手出しすんな」

低い声。

いつのまにか立ち上がっていた真野が、手のひらで男のパンチを受けとめている。

「はぁ？」

「まっ、真野さん、真野さん真野さん！」

阻止したのが、当の真野と認めて、にわかに現実を取り戻した。あともう少しで、乱闘がはじまってしまうことも——気づけば跪《ひざまず》いて、真野の足にとりすがっている自分がいる。

「おい、なにを止めてんだよ、おまえが先にこいつら挑発したんじゃねえか」

「ぶっ殺す！　バンド崩れが、生意気ぬかしやがって」

「真野さん、真野さん」

他の言葉はいっさい忘れたみたいに、祭は真野の膝を抱えて繰り返した。

ふっと力が抜けた。真野はすとんと、ソファに腰を下ろす。仄暗《ほのぐら》い店内でも、蒼白な顔色がわかる。

「――けっ、ヘタレが」

捨てゼリフを残したものの、男たちもあっさりひき下がった――あるいは、筋者というほどでもないのかもしれない。風体《ふうてい》がチンピラっぽいだけのただの勤め人だったのか。

「もう、やだ……用心棒を呼ぶところだったわよ。なによ、今の」

アキが立ち上がり、隣のボックスを睥睨するように腕を組んだ。騒がしかったフロアが、ふと静かになる。

「……用心棒さんなんていうんですか？」

「言ってみただけ」

アキは坐り直し、にっこりした。わけがわからない。

真野はいらいらした様子でマルボロを咥《くわ》え、ほんのふた口ほど吸ったところで灰皿に押しつけた。また新しい煙草を取り出し、同じようにする。それを、延々と繰り返している。

紙のような顔色と所作に、内心の腹立ちがしのばれた。もちろん、怒りの一端はこの自分にも向けられているのだろう。静かなだけに、底冷えがする。

それでも――それでも、真野が守ってくれた。真野が庇わなければ、あのパンチが自分の顔面にヒットしていたのだ。そう考えると、胸が熱くなる。

「あの、もうしわけありませんでした。考えが足りませんでした」

率直に低頭したつもりだったが、顔を上げると真野は目を細めている。

「……まったく、ヘンな奴だ。こんなバカ、はじめて見た」

どんな叱責《しっせき》が飛んでくるかと思ったら、前にも言われたニュアンスの言葉だった。ついさきもそう言った。しかもやはり、どうしてだか嬉しそうだ。

ある意味拍子抜けして、全身にみなぎっていた緊張感がにわかにゆるむ。だが心臓だけがいやにハードなリズムで胸を叩いている。庇ってくれた。

「びびったんなら、とっととひけ。なにもつっかかるこたあないんだ。まぬけ」

もう何本目かという煙草をくゆらし、真野は言った。

すぐに放りだすことはしない。ゆっくりと味わうように吸っている。

ということは、気分は落ち着いたわけなのか……まぬけ呼ばわりはさておき、怒りが鎮まったことにほっとする。

だが、そんな自分が、有能なマネージャーであるはずがなかった。ああ、せっかく見直される場面だったのに、などと姑息《こそく》なことまで考えている。これではだめだ。

もっと、びしっと決めたかった。

決めて、認められたかった。

なんでそんなに急ぐのかはわからない。ただ、タレントより先にキレるマネージャーなんていうのは、決して褒められた存在でないことだけはたしかだ。

真野のためにそこまで激昂《げっこう》した自分が、その理由が、わかりそうでわからなかった。

# 3

電話を切った蓉子《ようこ》が、深いためいきをついた。

これみよがしな、おおげさな所作に反応したのは、祭《まつり》だけだった。

見たこともない、社長の憂い顔に驚き、周りを窺《うかが》ったのだが、ほかに二人しか在席していない社員のどちらも無視していて当惑する。

蓉子へと戻した視線は、「なにかあったんですか？」と異変を訊ねるだけの意味だった。

蓉子は、情けなさそうにこちらを見る。

「龍虎の打ち上げで、トラブル発生だって？　例の水橋《みずはし》よ」

前半は、正しく自分に向けられた科白と受け止めた。龍虎という語に関係しているタレントは、少なくとも「寺木《てらき》エンタープライズ」には他にいるまい。

打ち上げと聞いて、祭は内心ぎくりとした。あれから十日。その間、真野《まの》のスケジュールは真っ白で、事件のことでなにか噂が広まっているとしても、それを耳に入れる現場がない。

トラブルといったらあれしかなかった。しかし、後半部分は意味不明だ。

「水橋……？」

反復し、あたりをぐるりする。すると、栗原《くりはら》も、経理の堺《さかい》も視線を逸らした。

結局、視線を社長へ回帰させることになった。

「真野に粘着してる、しょーもない自称・ジャーナリスト」

きわめて説明的な一言を吐く。

「は、自称ジャーナリスト……？」

「フリーで、折々にスクープをあちこちに売りこんでる。自撮りした、写真こみでね」

「つまり、ライターなんですね」

「そんな高尚なもんじゃないわよ。むしろ、ゴシップ蒐集家《しゅうしゅうか》とでも言っていただきたいわね。今は、『龍と虎5』の打ち上げで起こった騒動について、なにか握ったみたい」

「は？　龍虎ファイブ……って、こないだの？」

その現場なら、祭自身が立ち会っている。

初めての、責任ある立場での仕事……というよりは、その後発生した問題のほうが多くを占めていた。

思わずうつむいた祭におっかぶせるようにして、

「じゃあほんとなの？　真野が、助監をぶん殴ったっていうのは」

たたみかける蓉子に、はっとした。

「も、も、もちろんそんなことは起きてません。たしかにそういった事象はありましたが、真野さんは関係ありません！」

社長の怪訝《けげん》な顔を見て、自分が必要以上にむきになっていることを悟る。祭は口を噤《つぐ》んだ。

「じゃ、どうして水橋は、真野が暴力事件を起こしたなんて言ってきたの？」

「それはなんとも……」

依然として祭には、「水橋」なる人物の全体像が掴めていない。

が、蓉子の語調と周囲の反応で、なんとなく理解した――要するに、業界周辺をうろちょろしている、胡散臭《うさんくさ》い種族の一員なのだろう。

「で、その水橋さんは、なんでわざわざうちにそんなことを連絡してき……あ」

思い当たり、祭はぽかんとした。

すると社長は、がっくりと肩を落とした。

「そう、お金。要するに、口止め料で稼いでんのよ、あいつは」

「そんなにいつもいつもカモられてるんですか？」

暗に責める気持ちが伝わったようだ。

「真野にばっかり張りついてるわけじゃないわよ。しばらくなりをひそめてたしね」

それはそうだ。いくらスキャンダル俳優といったって、毎日試合があるわけじゃない。張りついていたって、番記者で食っていけるはずもない。

「それなのに、やっぱり真野に目を光らせてたなんて、卑怯じゃない？」

それにはどうも賛成しかねたが、あの場をカメラが狙っていた記憶もなかった。憶えがない以上、自分に非があるのだと思った。しかし、そんな天敵の存在など、事前に知らされていなかったのだ。どうして警戒することができただろうか。

「でも、暴力をふるったのは、真野さんじゃなくて監督です」

落胆を抑え、祭は一部始終を口にした。蓉子が顔を上げる。

「小松崎《こまつざき》さんがねえ……あの人も、いささか血の気が多過ぎるわよね……」

「でも、そういうことなら真野さんの潔白は証明されるんじゃないですか」

祭としては、不幸中の幸いという気持ちだった。

だが、世の中はそんなに甘くない。

「その証拠を、きみが提出できる？　そんな、鳩が豆鉄砲くらったような顔してさ。小松崎さんがスタッフに手を上げて、真野が両手両足を出さずにそれを眺めてる写真でもない限り、抑えきれないわよ」

「だって、ほんとに真野さんはなにもしてませんよ？　皆さん証言してくれます」

言ってから、あの場で真野がしなかったことといったら、助監督を殴った以外にはないことに思い当たった。真野が小松崎によけいな意見をしたせいで、悶着《もんちゃく》は起こった。

「……や、直接火はつけてないけど、マッチを擦るぐらいのことはしたかもですが」

「じゅうぶんじゃない。何わけのわかんないこと言ってんのよ」

「だって、真野さんは手を出してなんかいませんし」

壊れたレコーダーよろしく、そう繰り返すしかない祭だ。

「わかったわよ」

社長は、厭な目でこちらを見た。

「じゃあ、いっぺんあたってみる？」

「は？」

「どのみち、真野についてる以上はいずれ水橋とは顔を合わせることになるわけだし。うん、そうしよう。きみが自分で交渉して火消しをやってみよう。いいね左草《さそう》？」

めちゃくちゃだ。祭は思った。大物芸能人のスキャンダルは、つねに期待されているといっていい。それが、悪名高い写真誌だろうが、それよりはまともなスポーツ新聞だろうが関係ない。彼らは、「売れる」ネタを求めて、ハイエナのごとくスターをつけ狙っているのだ。時に卑劣な手口で、狙った獲物を陥れることなど、きっとなんとも思わない——。

それをわかっていて、昨日や今日の経験しかない自分に「火を消せ」とは。

バンド解散後の真野のめんどうは、蓉子の父の代からここ「寺木エンタープライズ」が見ていると聞いた。それにしては、ずいぶん情のない仕打ちではないか。正直言って、今ので蓉子も、水橋とやらのいる彼岸《ひがん》に渡ってしまったとしか祭には思えなかった。急に敵が増えたと。

ならば、とるべき行動はひとつしかない。

「わかりました」

社長の目を見据え、祭は言った。

「その水橋さんと、話をつけましょう」

蓉子の眉が、面白そうに跳ね上がる。

「ちょっと、左草くん。水橋って、そりゃ食えない男よ？　悪いけど、今のあなたが太刀打《たちう》ちできる相手じゃないわよ？　社長もなに考えてんですか」

栗原が、たまりかねたように割って入ろうとする。祭は、蓉子だけを見ていた。

「栗原、じゃあ口止め料、あんたの給料から天引きしとくけどいい？」

デスクを黙らせ、蓉子がこちらに視線を戻す。

「ふうん。目が据わってるね。なかなかみどころがあるかも？　いいわ、存分にやりなさい」

なんだか、社長の術中にまんまとはまったという気がしたが、いまさら後にはひけないところにきている。真野のマネージャーとしての技量が、試されるのだ。


二日置いて、祭はホテルのティーラウンジで待ち合わせした相手を待っていた。この日になったのは、水橋の都合らしい。ハイエナにもいっぱしのスケジュールはあるということだ。

会社が打ち合わせのためによく使うこのホテルで話しあえ、と言われたことで、ますますテストされている感は増した。しかし、だからといって、試されるのは厭だと手をひけるだろうか。試されているのが、真野を守る意思の分量だとすれば、自分には借りが一つある。キャバクラのきらきらした店内が、目裏に浮かび上がった。少なくとも、あの時真野は祭を守った。ほんらいなら、守られるべき者ではない人間を。思い出すと、泣きたいような気分に見舞われる。

それを追い払い、祭は背筋を伸ばした。緊張を帯びた筋肉をほぐしていると、頭上にすっと翳《かげ》ができる。

にわかに背筋がぴんと張った。現れた男はゆっくりテーブルを周りこみ、祭の目の前に腰を下ろした。

「お待たせ。べつに、もったいつけるつもりじゃなかったんだけどさ。いや、マジで」

祭はしげしげと、向かい合った相手を見た。水橋有《みずはしゆう》。思ったほど、偏屈《へんくつ》そうな印象はない。口調はソフトだ。

むしろ、ぱっと見だけなら好青年といってもよかった。襟足にかかる無造作な髪に、ポロシャツにチノパンというラフな身なり。

ゴシップを売りこむフリージャーナリストと聞いて浮かべたイメージが、いつか最悪なものへと肉付けされていたのかもしれない。正反対の、爽《さわ》やかな印象に戸惑う。

なにより、思っていたのより若かった。三十をいくつも越えていないだろう。

不躾《ぶしつけ》な視線をうるさがるように、水橋は椅子の中でもぞりとした。

「あのさ、そういう、害虫を見るような目はやめてくれる？　いちおう、人間なんだけど」

こんな場合でなかったなら、思わずひきこまれていたかもしれない。そんな、優男《やさおとこ》だった。

「実際、やってることは害虫レベルじゃないんですか」

「ひでえなあ」

苦笑はしたものの、怒った気配はない。だが、実際はなにを考えているかわからない……食えない男、という栗原の声が蘇った。

「んー、サソウ、マツリ？　サイ？」

「……まつり、ですけど」

「ふうん。かわいい名前だね。きみが新しい真野奉一《まのほういち》のマネージャーなんだ、そうか」

名刺を手ににっこりする相手を、胡乱《うろん》に見すくめる。

ちょっと首を縮めて、

「まいったなあ、俺そんなに悪人みたい？　ってまあ、そうなんだろうな。蓉子女史からいろいろ聞いてんだろうしな」

ちっともまいっていなさそうに言う。その顔に祭はひたと視線を据えた。

「その寺木が、先日あなたから受けた電話の件ですが。あれは、根も葉もない話ですので」

きっぱり告げる。

「んー、それって例の、龍虎の打ち上げの時だよね」

水橋は、無造作に頭に手をつっこみ、ぼりぼり掻いた。

「だけど、騒動が起きたのは事実でしょ？」

しれっと返してくる。祭はあからさまに相手をねめつけた。

「それはそれとして、真野は関わっていませんから」

「……ひっかからないなあ」

にやっとした。それを見て、かまをかけられたと知る。水橋のターゲットは、真野だけではない。売りこめるなら、誰のゴシップでも拾う。そういう男なのだと聞いてはいたが、そのとおりのようだ。

「じゃあ、話は早いですね。真野はちっとも悪くありませんし、誰にも暴力など振るってません。あなたの要求に応じる用意は、うちにはありません」

「ほー」

斬りこむ祭に対し、水橋はあい変わらずへらへらしている。

「……。なんですか」

「うん。前の子よりはだいぶ骨がありそうだね、若いのに、きみ」

「前任者のことは知りません。面識もありませんし」

「褒めてるんじゃないか、きみのこと……彼、内田クンだっけ？　たしか真野サンにさんざん振りまわされたあげく、現場で胃痙攣《いけいれん》起こして搬送《はんそう》されたんだよね」

「よくご存じですね。もっとも、あなたは真野のことなら本人以上に知っておられるようですが」

「それも女史から吹きこまれて？　まいったな、俺内田クンに同情してたのよ。それだけのことよ」

真野が内田を「病院送りにした」件は、祭は知らなかったが一部で報道されたらしい。

むろん、水橋の手によるものだ。蓉子から聞かされたことが、脳裏に浮かんだ。

「なら、内田のことも傷つけるようなまねは、しないでほしかったですね」

「あ、『リアル』に書いた記事の件？　まいったな、そんな前のことまで蒸し返しにきたとは」

「それはもう結構です」

切り口上のまま、祭はぴしゃりと言った。

「問題は、今回の件です……事実を歪曲《わいきょく》させて伝える癖《くせ》がおありのようですが、事実無根ですから。あまり適当な仕事をされると、こちらにも考えがあります」

「それって、名誉棄損《めいよきそん》で訴えるとかって話？」

水橋は、メイヨキソンと発音した。そんな四文字熟語など、歯牙《しが》にもかけていないことが如実《にょじつ》にうかがえる調子だった。

「んー、俺、そういうのあんまり怖くないんだよね……要するに、人が俺からの情報に踊らされて、右往左往《うおうさおう》してんのを見られれば、それでいいわけなんで。まっ、そこにキャッシュがついてきたらなおラッキー？　みたいな」

最悪だ。金だけじゃないのと蓉子が言った意味がわかる。のみならず、金も好きだというなら、この男の信念はいったいどこにあるのか。

「最低だって、今思っただろ？」

すると水橋は、そんな祭の胸中を賢《さか》しくも読んでくる。

「要するに煽《あお》り屋さ。それで食ってるんだもの、そりゃ金も欲しいよ……ね？　最低だよね」

内心面くらったものの、表面上は平静を努めながら、

「いいえ。ただ、仕事に対してプライドのない人間は最強だな、とは思いました」

ふたたび水橋を睨む。

「ほー……いいの？　俺にそんなこと言って」

すると水橋も、声色《こわいろ》を変えてきた。

「今回はなにもなかったかもしれないけど、あの人っていろいろ問題あんだろ？　通報されてないだけで、誰かをぶん殴ったりとか……店の看板蹴飛ばして、割っちゃったってな話もあったな。んー、それって器物破損？」

「刑事事件になっていない以上、問題はありません」

目の色さえ違っている。ぬめるような、獲物に食らいつくべく牙を剝くような——いやらし

い顔だと思う。好青年の印象など、微塵《みじん》も残っていなかった。

だが、この男の本質はこっちのほうなのだろう。脅し文句に屈さず言い返した祭に、とうとう笑いだした。

「はー、そんな見解か。だから芸能界に、悪が芽吹いて絶えないってんだよ。絶えないっていや、真野サンがクスリやってるって噂も絶えないよね……」

「それもガセです。事実、事情聴取や尿検査も受けたことはありませんから」

そこは、特に蓉子が強調していたことだ。それなのに、いつも憶測記事が出ては取りざたされる……。

「でも、真野サンがやってたって、誰もびっくりしないよ？　んー、たとえば、俺がいまそういう記事を書いたところで……驚きゃしないけど、残ってたスポンサーもひくかもねえ。こうたびたびクスリの噂が出ちゃ」

本領発揮だ。風評被害の加害者は、この男だ。

「その噂、全部あなたが流したんでしょうが」

「だーかーらあ。踊ってる人間見んのが好きだって言ってんじゃない」

いったい、なにをどうすればこの男を心底から「まいらせる」ことができるのか……たしかに食えない男だ。捏造《ねつぞう》記事を書いていると認めつつ、そのことをまったく恥じてもいない、裁判になろうがかまわない、こんな人間に良心なんかきっとない。

なるほど、太刀打ちするのは難しそうだ。「今の」自分では。しかし、先延ばしにはできないのだ。今現在が、戦場なのだ。

「そうだな、次は六本木あたりのクラブにいる売人を突撃取材してみようかなー。きっと、真野サンは上得意だって、教えてくれるだろうね……」

「あいにく、奴らの口はそんなに軽くない」

突然、第三者の声が降ってきた。続いて、大きな手のひらから、白い錠剤がぼとぼとと水橋のアイスコーヒーのグラスに零れていく。

「——真野さん」

目を剝いた祭の膝の上に、なぜかどっかと腰を下ろしてくると、

「そのグラス、科捜研にでも依頼して、成分を分析してもらったらどうだ。素敵な記事が書けるぞ」

真野は、唆《そそのか》す口調で言った。その背中が、自分の胸に密着している状態である。どうして真野がこんな体勢をとったのかはさっぱりわからないが、どうしたって速くなる動悸《どうき》を悟られないよう、祭は頭の中で「平常心」と繰り返した。

沈黙がある。

「そうきたか……まさかあんたが自ら出てくるとはね」

水橋は、ちょっと悔しそうな声を発した。

「根も葉もない記事をこれからも出すつもりなら、誰だって出てくるわよ」

今度はいきなり、背後から聞こえた。ぎょっとして首だけねじると、はたして後ろのテーブルからすっくと蓉子が立ち上がったところだった。

「はー、社長さんまで……どうだっていいじゃない、こんなチンピラ風情《ふぜい》」

「あなたのことは、どうでもいいの。私は、真野と左草を守りたいだけです」

「擁護《ようご》なんて、してもらわなくてもいいぜ。こんな小物に、俺を消せるわけがない」

「はっ。今度はまだ大スター気取りですか……ま、どうでもいいけどね」

水橋が立ち上がる気配がした。その顔にどんな表情が浮かんでいるか見たかったが、真野の背中で見えない。いっそ後ろから抱きついてやったらどうだろうと、馬鹿な衝動がふいにつきあげた。

「じゃ、今日のところは手ぶらで帰るけどさ、真野サン、その優しさ、内田クンにも少し分けてあげたら、彼の胃も壊れることがなかったのにね」

「よけいなお世話だ。これは、あいつとは違う種類の人間だ」

すんでのところで衝動を沈めた祭の耳を、低音がびんびんはじく。

「んー、そうらしいね……でも、古市《ふるいち》サンには、まだまだ届かない感じ？　ま、これも修行のうちでしょう、せいぜい大事に栽培してね、真野サン。あ、シャチョさんも」

「それがよけいだってんだ。だからおまえは、いつまで経っても二流なんだ」

水橋は無視して、テーブルを離れていく。脇を通る時、ようやく見えた横顔には、薄笑いが浮かんでいるようだった。

「……やったわね」

蓉子がテーブルを回ってこちらへきた。

「あいつが、こんな程度でめげると思うか」

「永遠に撃退したなんて、もちろん思っちゃいないわよ、そんな甘い考えはないわ。何年社長やってると思ってるの」

「さあ。俺が物心ついた頃から？」

「殴るわよ、真野。今回は、運がよかっただけだからね……いえ、左草が意外にがんばってくれたおかげ？　感謝しなさいね。ともかく、小松崎さんと揉めたのは事実なんだから。これで6にキャスティングされなかったからって、荒れないでね」

「俺のメンタル面まで、管理していただかなくてもけっこうだ。ガキじゃねえんだから」

「馬鹿ね。左草に気を遣《つか》っただけよ、あんたはどうでもいいのよ」

「俺だって、どうでもいいよ」

どうでもいいなら、早くどいてくれないかな……膝に真野を坐りこませたまま、祭は思った。このままでは、たしかになにかヤバい。

「左草、お疲れ。いいかげん降りたら？　真野。傍目《はため》には馬鹿にしか見えないわよ、あんたたちの恰好」

ヒールの音を鳴らして、蓉子はティールームを出ていった。けっ、と真野。

「威張りくさって。俺は、あいつがしょうもない女子大生だった頃から知ってんだ」

声が背中から響いてくる。

「……、しょうもなかったんですね」

社員としては、社長の悪口には同意できない。かといって、担当マネージャーとしては真野に反論してもいけない。

結局、そんな中途半端なあいづちを打った。

「ああ。あれの親父には、世話になったけどな……バンドが二年で解散して、路頭に迷った時に」

だが、そこから別の才能を伸ばしていったのだ……やはり、特別な人間なのだ、真野は。

あらためて思った。真野が動いて、ようやく膝が軽くなる。

「まあ、よかったじゃないですか真野さん」

「ああ？　俺はべつに、スキャンダルなんて怖くねえんだ。イメージがどうとか、知るか」

真野はうるさそうに言い、すたすた去っていく。

「だけど」

と、いきなり振り返ったため、追っていた祭とぶつかりそうになった。至近距離で顔を合わせ、どちらもぎょっと身を退く。

「——おまえにはあきれたよ」

ややばつの悪そうな顔で、真野はそっぽを向いた。

「え、どのあたりが？」

がんばったと、社長も認めてくれたのに。

「交渉相手に、いきなり上から意見する奴があるか。あいつが稀《まれ》に見る変態じゃなきゃ、却《かえ》ってあることないこと書かれたぞ」

「……稀に見るほどの変態なんですか」

「あれのどこが、変態以外だと思うんだ。だいたい、なんであいつがどだい目のない取り引きをもちかけてきたかわかってんのか」

「わかりませんよそんなの。なんでなんですか？」

「おまえを見にきたに決まってんだろうが」

真野はくるりと踵を返した。

「は？　どういうことですか、それ」

「俺に新しいマネージャーがついたってんでよ。内田の時も、その前もそうだ」

うるさそうに、だがきちんと説明はした。

「……ええと、それは、その、真野さんに異様なまでの関心がある人、といった——」

「だから変態だっつってんじゃねえか」

遮《さえぎ》られ、はあと力の抜けた声を返した。男も惹《ひ》きつける男。そうか、これがその威力か。

「ちなみに、ババアもそんなことは知ってるからな」

「でしょうね……」

そこまで聞けば、もうわかっていた。やはり、試されたのだと。蓉子と、それに栗原や善良そうな堺まで結託してのブックだったとは。

「それより、真野さんはなんでここに？　あと、古市さんて誰ですか」

問うと、真野は立ち止まり、目を細めてこちらを見下ろした。立ち直りの早さに意表を衝《つ》かれたのだろうか。どこかきまり悪げに、

「——朝、おまえが起こしにこないから、電話したんだよ」

と教える。

「って、会社にですか」

「水橋がまた、絡《から》んできたって聞いた。それで、本人をやったからって。しかも、おまえには一切事情は説明してねえって言うじゃないか。おネエちゃんも、なに考えてんだよ」

「……心配してくれたんですか」

「は？　んなわけねえだろう。あいつにはもともと腹据えかねてたんだ。まだるっこしい真似なんかやめて、俺が直接会って、けりをつけてやりゃあいいってよ。それだけだ」

真野はますます、むきになったふうに乱暴な口調だ。

「……、真野さんが話し合いを？」

「んなわけねえ。一発ぶん殴ってやろうと思ったんだよ。そしたら、おネエちゃんが、そろそろ見に行くから一緒にきてもいいが、いいというまで、俺は出ていっちゃいけないだとよ」

「でも、いちおう社長命令は守ったんですね……って、皮肉とかじゃなくて。俺も、あれ以上話してたら、手が出てたかもしれないし、お二人がおられてよかったです。あと、口止め料うんぬんっていうのがマジじゃなかったのも」

真野は、ますます目をせばめた。

「？」

「……底抜けの馬鹿だ」

吐き捨て、真野はまたすたすた歩きだす。だが斜め後ろから見える顔は、笑っている。

「これから、どこかへいかれるんですか？」

並びながら、祭は話を変えた。真野は頰を引きしめた。

「とりあえず、薬局だ」

「薬局？」

「鎮痛剤を、ひと箱まるまる台無しにしたからな」

その言葉に、先ほどの場面が蘇ってきた……グラスに山ほど錠剤を投入され、あっけにとられた水橋の顔。

「おまえ、けっこう人が悪いな」

噴き出した祭に、あきれたように真野が言った。

「いや、とてつもなく腹黒いですから」

「……とてもそうは見えないが」

「えっ？　じゃあどう見えるんですか」

真野は返答しない。

「古市」の件も、聞きそびれてしまった。

恐喝者《きょうかつしゃ》がハリボテだったのはよかったたし、蓉子からは褒め言葉をもらった。テストに合格したということだ。

だが、ほんとうに知りたいのは、真野がどう思ったかということだった。

それを半ば渇望《かつぼう》するような勢いで求めている自分に、祭はもう驚かなかった。認められたい、早く一人前の男と認識されたい。仕事としてだけではなく、もっと踏みこんだ部分まで真野奉一という男を理解したい。

それはたぶん、恋愛のはじまりに似ていた。いや、恋愛そのものなのかもしれなかった。それでもかまわないと思った。

蓉子の予想通り、小松崎は「龍と虎6」への真野奉一の起用に難色を示しているらしい。

つまらない感情の行き違いで、大の大人がどういうことだとは思うが、芸術家というのはそういうものなのだろうか。もっとも、あれがアーティストだとはあまり思わないが。マネージャーという立場を離れて——むろん恋情なども除外して——公平な目で見ても、あの時正しかったのは真野のほうだし、真実を衝かれてむきになった小松崎は、かっこ悪い。

「あさはかね。小松崎宏《ひろし》じゃなくて、真野奉一にファンはついてるのよ。『龍と虎』は、真野のもの。外そうなんて、できるわけないわよ」

社長はあくまで強気だが、祭はひやひやしてならない。かっこ悪かろうが、監督である以上、小松崎はある程度キャスティングの決定権を握っていると見ていいだろう。

事実、「6」の制作はいったんストップした。そのため、予定していた打ち合わせや取材が全部飛んでしまい、ただでさえ疎《まば》らだった真野のスケジュールは、文字通り雪原状態だ。

だというのに、目の前の男にはそうした焦りや危機感といったものはないのか。

もそもそと飯をかきこみながら、祭は上目に真野を窺《うかが》った。

真野はたくあんを箸で摘まんだまま、店の隅にあるテレビを眺めている。ちょうど昼のニュースをやっていた。猛暑の影響で、サンマ漁が不振をきわめているらしい。

正午すぎ、真野のマンションの一階に入った料理屋である。呑み屋だが、昼はランチをやっている——その手の店がよほど好きなのか、ただたまたま階下にあるので足を運びやすいのか、おそらく両方なのだろう。

十時過ぎに携帯が鳴った。真野からで、出てこいという。

オフだが、そう言われれば従わないわけにもいかない。迷った末、ごくありふれたTシャツにデニムという服装で赴くと、真野は「おまえほんとに成人してんのかよ」とにやり笑った。いつものことなので気にしない。キッチンには、あい変わらず盛大にカビを生やした食パンがぶら下がっている。

呼び出してどうするのかといえば、「まあつきあえ」とここに連れてこられた。『みゆき』という店名は、女将《おかみ》の名らしい。

その女将は、想像どおりに四十がらみの、粋に和服を着こなした美人だった。着物の上につけた割烹着《かっぽうぎ》の白が目にしみる。

すすめられるまま、焼き魚定食を頼む。真野はビールも注文して、カウンターに置いてあったスポーツ新聞をとってくる。気をきかせた女将が、ビールといっしょに突き出しの小鉢を出してくれた。鯛の子と細切りの昆布を甘辛く煮付けたものだった。真野は新聞を読みふけり、祭は小鉢をつついた。そうして、注文したものが運ばれてくるまで二人とも無言だった。テレビの音だけがやかましい。

「——なんだ」

ニュースを見ている真野を見ていて、正確には見とれていて、つい箸が止まったようだ。

「いえ」

真野が気づいて訝《いぶか》しんでいる。祭は急いで丼飯に戻った。いい大人の男二名が、仕事に出るでもなくこんなところで所在なく飯を食っている、という状況はなんなんだと思うと情けない、などとは口にできない。

「価格高騰《こうとう》価格高騰って、うるせーよな」

真野は、ちらっとテレビに視線を投げると、塩サバの身をむしる。

「庶民にゃ手が出ないってんなら、食わなきゃいいんだ。べつにサンマなんか食わなくたって死なん」

「それは違いますよ」

思わず祭は反論していた。背筋を伸ばす。

「こういうニュースって、けっこうあると思います。サンマが不漁だとかさくらんぼが不作だとか……でも、そのせいで値段が上がって、買う側が困るとかじゃなくて、問題なのはそれで食べてる人のほうなんですよ。サンマのことなら、取り引きが減って漁師さんたちの生活が厳しくなる、報道する意味は、そっちにあるんだと思います」

いつか身を乗り出していた。我に返り、祭はいずまいを正す。

「……すみません。生意気言いました」

「べつだん生意気とも思わんが」

身を縮めた祭に、真野はふっと表情を緩めた。

「ためになった」

「え？」

「俺は今まで、庶民の口には入らない不満を政府になんとかしろって要求してるんだとばっかり思っていた、ああいうネタ」

真野は言いながらももりもり丼飯を平らげていく。たしか昔飲食店に勤めていて、早飯の癖がついたんだったと真野のプロフィールを思い浮かべながら祭は、や、と答えた。

「あくまで俺なりの持論なんで」

「ふだん政治家の悪口ばっかり言ってるくせに、なんかあればすぐにお上《かみ》頼み。庶民ってのは勝手なもんだ、そう思っていたんだが……そうか、そういうことなのか。そういう輩《やから》を馬鹿にしていたはずが、俺もことの本質ってやつが見えてなかったってことだな。ありがとよ、祭ちゃん」

「いえ、これも俺独自の見解ってだけなんで、もしかしてほんとに政府になんとかしろって言いたいのかも――っていうか」

祭はふと気がついた。気づいて、はっとした。

「――『マニュゾー』じゃなかったんですか」

真野は目を細めた。

「もうおまえは、マニュアルくんじゃなくなったからな」

「そ、そうなんですか」

その目つき言葉つきに、なんとはない優しさが溢れていると感じるのは自意識過剰というものだろうか。最初にスナックの一隅で投げかけてきた視線とは、ぜんぜん違う気がする。祭ちゃん、となんかかわいいものみたいに呼んだ声。

熱くなった祭の耳に、

「そうさ。水橋の野郎相手に堂々と正論をぶったおまえの雄姿をまのあたりにしちゃ、マニュゾーじゃないだろうよ」

からから笑った声が飛びこんでくる。はればれと笑っていた。真野は、祭を見つめて。ずきりと胸が痛んだ。

「いえ、あれはその……結局、小松崎監督は怒っておられるようですし、記事書かれようが結果は同じだったたっていうか」

すぐにあの時のことを思い出し、ますます恥ずかしい。知らずに乗せられたことではなく、その後気づいてしまった自分の気持ちが。

「あんな糞《くそ》ジジイが怒ろうが泣こうが、知るか。関係ねえ。それに、おまえの弁では、俺に非はないそうだしな」

揶揄《やゆ》するように言われ、祭は顔を引きしめた。

「それですが、たしかに真野さんのおっしゃったことは正しかったです——でも、真野さんがやらなかったことは助監督さんを殴らなかったことだけだっていうのも、事実ですから」

「冀野郎に意見したのが悪いと？」

「時と場合があるということです。あの時は、仕事が終わった解放感で、みなさん思いっきり楽しみたかったと思います。その雰囲気をぶち壊すのは、主役としてどうなのかと」

「じゃ、我慢して、ますます正義のヒーロー化したヤクザを、次も張りきって演じろっていうのか」

「いや、そこは……小松崎さんだって大人ですし、次回の脚本では、少し方向を変えて下さるのではないかと」

「甘い甘い。あいつは、DVDが売れたり、レンタルショップでヘビロテしてくれる以外のことなんか、ひとつも考えてねえよ。大切なのは、客のニーズ。売れれば正義」

「……わかりますけど」

「ま、俺に『次』があるのかってことじたい、怪しいもんだからな。ここでおまえと水かけ論やってたって、次がないんじゃ意味ねえや」

真野は背凭《せもた》れに腕をかけ、自嘲するような笑みを浮かべた。

はっとした。空気の読めない非常識人かと思えば、真野はあんがい己の現状を把握しているようだ。

しかも、かなり正確に……干されている意味も理由も、自覚している。

「……わかってるんなら、とりあえず仕事をなくさないように努力しましょうよ」

そのことでおぼえる胸の痛みは隠し、祭はなるべく明るくうながした。

「しょうがねえ、こういう人間なんだ——だがまあ、おまえの言うとおりかもしんねえな。昔の名前で出るにも、ほどがあるってこった」

もっとつっかかってくるかと思いきや、真野は素直に認める。だが少し自虐《じぎゃく》が過ぎないか。

自分のようなひよっ子が先生みたいに説教してきたのだ。怒ったっていいような場面のはずだ。

「もちろん、小松崎監督が、真野さんの意見を糧《かて》にされないような人なら、龍虎の仕事がなくなっても惜しくない、とは思います、それと」

それで祭は、フォローに努めた。真野の自覚をうながすという当面のプランは、どうやらあまり必要ないと判断し口も軽くなる。

真野が「それと?」と首をかしげた。

「……『てめえやる気か』っていって喧嘩を買う人が、実在するとは思いませんでした」

すると真野は、天井を仰いで爆笑した。楽しげな笑い声が、二人しかいない店に反響する。

「やっぱおまえ、おもしれえや——たしかに内田とは違うな。骨があるかどうかは知らんが」

マルボロの箱を取り出しながらうなずく真野を、しげしげと眺めた。

「な、なんだよ」

相手は、どうしたわけかやや焦ったように言う。

「古市さんって、誰ですか」

真野は鼻に皺《しわ》を寄せた。

「昔の、俺のマネージャー――おい、早く食えよ。トロいな、祭ちゃんは」

巧妙に話題を逸らし、それ以外の説明はとうとうされずじまいだった。


通りかかったパチンコ屋の店頭で、祭はふと足を止めた。

「新台入荷！　出血大放出」という看板に心惹かれたわけではない。ただ、店内から聞こえてきた、おぼえのある声が耳を捉えたのだ。

聴き違いでなければ、それは「レイジング・ブル」の曲であるはずだ――真野の担当についてから、中古CDショップで探し、手に入れたアルバムの中に入っていた。

二十年近くも前の、たいしてヒットもしなかったバンドの曲が、その歓楽の殿堂《でんどう》に今、流れている事実が祭を引きとめる。

おそらくは有線なのだろう。パチンコ屋の店主の好意により、という話ではないのはたしかだ。耳をすまさずとも、今より若い真野の声だった。

なんとなく嬉しい。台の前で目を血走らせているギャンブラーが、気づいて真野奉一を思い出してくれればなおさらだ。

音源を残すというのには、そういう意味もあるとあらためて知る。

祭はひとつ案件を抱え、真野のマンションに向かっていた。

あれからひと月経った。もっとも暑い季節が到来していたが、真野のスケジュールは夏枯れである。「龍と虎6」の制作は、暗礁《あんしょう》に乗り上げたきりぴくりとも動かない。

だが、この話がうまく進めば、三日は埋まる。

『まあ無理だと思うわよー？』

出がけにかけられた、蓉子の言葉が脳裏に蘇った。隣で原口もうなずいた。そんな仕事を、真野が請けるわけないでしょ。

『でも、持ってってごらん。あたしよりは左草から持ちかけられたほうが、あいつもまだその気になるかもしれないし』

どうも自分は、真野を発奮させるための刺激物みたいに使われているようだと、このところ思う。しかし、そんなこともどうでもいい。仕事をする気にさせるのは、現場担当マネージャーの役割。というより、ほんらいプロデューサーであるはずの原口《はらぐち》がイチ押しの瀬戸未希《せとみき》にかかりっきりになっているせいで、なにもかもが新米の祭にのしかかってきているというべきか。

そんな状況が嬉しい、というのはマネージャーとして正しい感情ではない。わかっていても、真野を独占している喜びをないものとはできない。

　マンションが見えてきた。祭は追想から覚め、ハンカチで額を拭った。

「おう、なんだよ。今日は仕事じゃねえだろ」

　真野はリビングの床に、べったり坐りこんでいた。隣には、ジャックダニエルの、ほぼ空になりかけた瓶。

　思わず責める目になっていたのだろう。真野は、いたずらを見つかった子どもみたいな顔で、しかし開き直る。

「今日は、仕事じゃありません。呑んじゃって下さい」

　未練がましく残っているウイスキーを、祭はとぼとぼテーブルに置かれたタンブラーに注いだ。

「は？　暇こいたあげく、昼間っから呑んでるタレントに、さらに勧める奴がいるか」

「ここにいます」

　祭がにっこりすると、真野は気勢を殺《そ》がれたていでそっぽを向いた。ほんっとに、変なヤツ、と既に耳なじみになったフレーズを繰り返す。

　今回は素行のせいではないとはいえ、よけいな発言をした結果、干されかかっている現状について思うところがなくもなさそうな様子だ。

「呑みながらでいいんですが、近未来の仕事の話です」

同じように床に坐りこみ、祭はおもむろに切り出した。

「結局仕事？　ふん、また二時間サスペンスの五番手か」

「……、犯人扱いは最初のうちだけなんだから、けっこうなことじゃないですか」

過去、何本か出演したその手のドラマで、真野はきまって似たような役どころを演じていた。冤罪《えんざい》で拘留《こうりゅう》される役、というのはだいたい真野のようなポジションの「昔売れてた俳優」に回ってくるようだ。ただし、芸能界での位置付けが似通っているというだけで、彼らの誰も真野ほどの才能も魅力もないと祭は思う。

「はん、そんでどこだよ。緑山《みどりやま》か砧《きぬた》か」

「いえ、ドラマじゃないんです。ライブですよ」

「ライブ？　どこで」

「千葉です。船橋の——」

大型ショッピングモールの名を口にしたとたん、真野は思いっきりむせた。ウイスキーがおかしなところに入ったらしい。げほげほ咳こむ背中を、祭はあわててさすってやりながら、

「だいじょうぶですか？」

窺うと、涙目がこちらを見た。

「おまえがおかしなことを言うからじゃねえか。てめえで火をつけといててめえで消すか。マッチポンプかよ」

いがらっぽい声が恨み節を吐く。

「おかしなことって、なにも変なことは」

「ライブじゃねえだろ」

真野も、今祭が告げたばかりのショッピングモールの名を言う。

「それはおまえ、営業じゃねえか」

黒々とした双眸《そうぼう》が、きつい光を帯びている。綺麗な目だと、いまさらながらに思った。ただ綺麗なだけではなくて、さまざまな表情を持つ目だ。すっと流してよこす一瞥《いちべつ》だけで、祭を魅了する——。

だが、暢気《のんき》にそんなことを考えている場合ではなかったのだ。

「営業というか……」

「んなもん、請けるわけねえだろ。おまえ、誰にむかって言ってんだよ」

「で、でも。ライブは好きですよね？　去年だって年末にツアーやって——」

気分を乗せたところで、ＤＶＤシネマの仕事をねじこんだのは、蓉子と原口のコンビプレイである。

地方を回る仕事だ。中には、百人も入らないような箱もある。だが、もともとボーカリストだった真野は、気にせず小さいライブハウスで歌っていた。事務所でＤＶＤに焼かれたそのライブの模様を祭は目にしている。だからこそ、とってきた仕事だった。

「あのな、だから、ライブと営業は違うんだよ。わかる？　ただ歌えりゃいいってもんじゃねえんだ。なんでこの俺が、タダ聴きの買い物客に一曲披露《ひろう》してやんなきゃなんないの？」

祭は黙した。たしかに無料で観られるライブだが、ギャラは出る。ギャラをもらって歌うのだ。ライブハウス回りのツアーだろうが、ショッピングモールでの営業だろうが同じではないのか……ＤＶＤに映った、歌うのが好きでたまらないといった真野の顔が脳内に蘇る。

現状をわかっていると思っていたが、それは正確な認識ではなかったのかもしれない。言葉の端々に、かつてスポットライトの中央にいた人間の驕《おご》りがにじむ。まだ捨てていない。スターだった過去。二時間ドラマで被害者以上、犯人未満な位置にキャスティングされる現実が、この美しい目にどう映っているのか。自分はまだすべて把握できていない。

ここで、その現実を無理やりにわからせることもできた。しかし、黙りこむ祭をひたと見据えると、真野はこう言った。

「営業なんてな、バンド時代にさんざんやってんだよ。こりごりなんだよ、ああいうの」

それは、現場を知る者以外には吐けない科白であり、正直な心情が零《こぼ》れたといってもよかった。ぱっとしないバンドのフロントマンが味わう悲哀、希望を打ち砕かれた末に辿りつく失意なんて、本人以外にはわからない。

だから、祭にはそれ以上の強制はできなかった。たしかに、無理だった。社長の言葉が、またひとつ叩きこまれただけだった。

# 4

「——ほんとですか？　それ」

祭《まつり》は、向かい合った蓉子《ようこ》の顔をまじまじと見つめた。

「激マジ。幻聴でもなんでもないわよ、安心して」

そっけない口調ながら、蓉子の表情には隠しきれない喜びが充溢《じゅういつ》している。

「ああ。平原耕造《ひらはらこうぞう》、じきじきのオファーだよ」

その横で、原口《はらぐち》も昂奮を抑えた声を出した。

「寺木《てらき》エンタープライズ」、会議室。

祭がとってきた、千葉での営業話を相談した時と同じ布陣で、しかし内容は月とスッポンだった——落差があるのは、祭の精神状態だけかもしれなかったが。

吉報の内容はこうだ。映画監督・平原耕造が、新作のキャストに真野奉一《まのほういち》を加えるべくコンタクトをとってきた。

平原は五十三歳。京大医学部卒業という珍しい経歴を持つ。助監督として、巨匠《きょしょう》のもとで修行を積み、三十七歳で初めて監督した作品がヨーロッパの映画祭でグランプリを獲得し、一躍その名を全世界に知らしめた。

それから十六年、多作なほうではなく、ほぼ二年に一本のペースで新作を発表したが、作品はどれも期待と熱狂をもって迎えられるタイプの映画作家だ。その後も、むしろ海外で広く評価を受けており、受賞歴も数多い。殊に欧州ではオヅ、クロサワ、キタノなどと並んで称えられる存在である。内容的にわかりやすい娯楽作品ではなく、観念的な文学映画という作風が、なかなか一般の観客には理解されないらしい。客は入らないが、評価だけは異様に高い。だがここ数年は、新作を発表していない。

そんな鬼才が、新作を撮るにあたって真野にオファーを出してきた。主演ではないが、準主役だという。

「どう？　悪くない話でしょ」

「悪くないどころか……願ってもないことですよ」

祭は素直に、内心の昂《たか》ぶりを口にした。

「えっと、スケジュール的には……」

「撮影は、今年の秋から冬……クランクアップは、来年頭かしらね？　その後の編集作業とかを考えても」

「ひょっとして」

祭は身を乗り出した。

蓉子はほくそえむ。

「そう、カンヌ出品を狙ってるらしい、平原っていうより日映サン主導の思惑ではあるみたいだけどね」

「カンヌ……」

ベルリン、ベネチアと並び、世界三大映画祭と呼ばれるイベントである。アメリカのアカデミー賞に較べればネームバリューは落ちるものの、英語圏内での作品に限られるオスカー本賞よりも、広い範囲の国が参加できるぶん、過去の授賞作はバラエティに富んでいる。つまり、そこで振られるサイコロには、平原の目もあるということだ。過去の実績を鑑《かんが》みて、新作がなんらかの賞を受けることはじゅうぶん予想できる。

「それは、すごいチャンスですね……」

実際には音は出なかったものの、ごくりと喉が鳴るのを感じた。祭はつぶやく。

「そう、すごいチャンスなのよ。惜しむらくは、主演じゃないことだけど……でもまあ、企画書を見る限りでは個人賞を狙える役ではあるわね。主役食いは、役者転向当時からの真野の得意技だからね」

聞きようによっては、制作側の意図を無視した言葉だったが、蓉子の気持ちはよくわかった。

初めて俳優業に乗り出した、その最初の映画で、真野は数々の新人賞を獲得した。助演男優賞とのダブル受賞を果たした映画祭もある。そこから俳優としての真野の、輝ける歴史はスタートしたのだ。

もっとも、最近は大作どころか映画出演の機会も減っていて、平原が真野のことを思い出してくれたのを幸いと思うしかないような状態だ。平原はワンマンとの呼び声高く、つねに王様でいたい真野とそりが合うかどうかはまた別問題だ。

実際、以前に一度組んだ時には、似たようなメンタリティの持ち主が監督と主演俳優だったせいでそうとう揉めたと聞いている。

「でも、平原さんと真野さんとは……」

それを思い出した祭に向かって、蓉子は大きくうなずいてみせた。

「あれはちょうど十年前だったかしら。平原耕造がベルリンで二度目の国際批評家連盟賞獲ってまもない頃よ。真野もまだ二十代だったわ」

「社長も若かった。取締役に就任されたばかりでしたよね」

「うるさい」

原口の口添えに、蓉子はむっとした顔をした。日頃、無駄口を叩かない原口のことだ。引き合いに出したのには意味があるのだろうと、祭は聞く体勢をとる。

「……たしかに、両者とも血気盛んな時代ね。真野を主演に指名したくせして、平原ったら尊大この上ない態度で、びっくりしたものよ」

しかし、蓉子の記憶は、あくまで自分の側に都合のいいものでしかなかった。

「よく似た二人ですからね、衝突は避けられなかったと思いますよ」

むしろ、悟ったような表情の原口のほうが、客観的に事情を把握しているようだった。

要するに、自己主張の烈《はげ》しすぎる監督と主演俳優が、おりにふれては激突した、現場としては最悪なものだったということらしい。

「でも、あんなことがあってもなお、真野を指名してきたんだ。平原監督は、ある意味真野のいちばんの理解者なのかもしれないな……」

述懐する原口は、あくまで穏やかな口調だった。

いずれにしても、地方のショッピングモールにおける営業とは、スケールも価値も段違いの仕事だった。営業話はあっさり蹴った真野だったが、今回のオファーに関しては断わるはずもないという。

会社側の見解は、外れてはいないと思う。

しかし、のっけからあの営業話を「請けるわけのない仕事」と断定されたのは、祭にとってはおもしろくない話だった。

実のところ、あれはマネージャーとして真野のためにとってきた、祭にとってははじめての仕事だったのだ。

正直、真野がやすやすと請けるわけがないともわかっていた。

しかし、会社にもタレント本人にも、まるで蹴るのがあたりまえみたいな扱いを受けて満足かといったら、そんなことはまったくない。祭は祭で、真剣だった。いったんメインストリームから外れた芸能人が、いかに悲惨かはこの世界に入る前からある程度はわかっていた。そこを這い上がるには、相当な努力を要すると。

だが、いざ目の当たりにした現実は、思っていた以上に過酷であり、道は険しいと言わざるをえない。

地方での営業であっても、その逆転への第一歩にならないとも限らない。そう思っていたのだ。今から思えば甘い見通しだっただろう。それは認めるが、二言めには「ショッピングセンターで営業？」とあしらわれるのでは悔しい。なにより、真野は自分の持ってきた仕事なら請けてくれるのではないか、という甘い見通しを持っていた自分自身の頭をぶん殴ってやりたいような情けなさがある。仲良くなったつもりでいたが、そんなのは幻想だったと。

そうした心境ではあったけれど、こんなビッグオファーを隠してまで、自分がとってきたチンケな仕事を優先しろというほどには、まだ馬鹿ではない。

逸《はや》る思いを胸に、祭は真野のマンションへ続く道を急いだ。もうじき、あのジャガーを、ただ呑みに出たり気まぐれにドライブする以外の用途で運転する時がくる。それを考えれば、悔しいどころではなかった。

真野は、リビングにはいなかった。祭は時計を確認した。クロノグラフは、とうに夕方の時刻を指している。

寝室のドアをそっと開く。大きなベッドの真ん中で、盛り上がった上掛けが上下していた。

「……」

ほっとすると同時に、なにをいつまで寝てるんだというういらだちもわいてくる。今となってはまるで遠慮の切れた強さで、祭はおもむろに寝入っている真野を揺り起こした。

「真野さん、起きて下さいよ、真野さん？」

たゆまず努力していると、やがて真野がぱっと目を開ける。

「祭ちゃん……？　もう、なんだよ」

不愉快そうな唸り声を発しつつ、それでも真野は上体を起こす。

「何時だと思ってんだよ……」

寝ぼけ声で言うのに、祭は表情をぐっとひきしめた。

「今日は、真面目に仕事の話をしに上がりました」

「……？　って、おまえはだいたい『真面目』な仕事の話しかしねえだろうが、いつだって」

おかしな言いがかりをつける真野を引っ立てるようにして、祭はリビングへと誘いだした。酒瓶やらコンビニ食を包んでいたと思われるセロファン類で散らかった、ある種の密林地帯の真ん中に坐らせる。

「――で？　仕事って、今度は会津のスーパーの駐車場でライブでも開くのか」

減らず口を叩く顔を、凝視した。大きなあくびをして、真野はタバコの箱を摑んだ。

「なんだよ」

「映画です」

と、祭は告げた。

「平原耕造監督の、次回作です。まだ情報は漏れてませんが、話題を呼ぶのはまちがいありません。主役ではありませんが、カンヌで個人賞を狙えるポジションです。もし真野さんがオファーを請けたとして、クランクインは――」

「おい、待て」

さっきから何度となく入った中断の要請に、祭ははじめて言葉を止めた。

真野は、火のついていないタバコを咥《くわ》えたまま、険《けわ》しい目つきでこちらを見ている。

「今、なんて言った?」

「なんてって、もしかしてカンヌの男優賞を狙える……」

「その前」

ざくりと切り捨てるような声音。

「……、主役ではありませんが、重要な」

「もっとその前だよ! ――誰が監督するって?」

「それは、平原耕造監督で、邦画としては五年ぶりの……」

「断わる」

「――え？」

「聞こえなかったのか。断わると言ったんだ。誰が、あんな奴の作品なんかに出るか」

真野は、言うなりぷいと背中を向けてしまった。キッチンへいき、冷蔵庫からビールのロング缶を取り出す。

「真野さん。でも、これはただの平原耕造の新作じゃないんです、時期的にもカンヌ出品を狙える」

「おまえは馬鹿なのか」

言い募る祭を遮り、真野は細めた目を向けてきた。

「は？」

「平原耕造の新作だからこそ、出たくねえって言ってんだよ。俺とあいつの間に、昔なにがあったか、まさか知らないわけじゃないよな？　勉強熱心な、祭ちゃん」

「いえ、それはいちおう……でもですね、そういった過去の行き違いは水に流して、平原さんはあらためて真野さんと」

「だから、その名前をなんべんも俺に聞かせるんじゃねえ」

「……」

「冗談じゃない。誰があいつとなんか、二度と仕事するか」

「真野さん、でも」

「うるせえよ。平原って聞くたびに、俺がどんな気持ちになるか、ちっとは考えてみろ」

刺すようなまなざしが祭を貫く。

「大嫌いなんだよ、俺ぁ、あの男が」


十年前。

気鋭の監督として上り調子だった平原耕造は、新作映画の主演俳優として真野奉一を選んだ。当時、既に映画俳優として内外に勇名を轟《とどろ》かせていた真野である。主演作はベネチアでグランプリを獲った。その二人が、タッグを組む。大きな話題を呼び、注目された作品だった。

しかし、現場に王様は二人要らない。両者は初日から衝突し、たちまちのうちに穏やかならぬ空気が場を支配した。

ぶつかった理由は、なにほどでもない。役どころの意味が、真野には理解できなかったというだけだ。

なぜ、自分が演じている役が、こうした行動に出るかがわからない。そう言う真野に対し、平原が放ったのは、『役者はいちいち、役柄なんか気にする必要はない、台本に書かれた科白《セリフ》をおうむ返しにしていればいい』という科白だった。

むろん、これほど上から目線の発言ではなかっただろうが、その真意が伝わらないほどの、真野は馬鹿な俳優ではなかった。

当然、生じた齟齬《そご》。主演俳優が、役の気持ちにいっさい共鳴していない——立身出世のために、恋人を亡きものとする。野望を叶えるべく、不遇時代を支えた彼女を排除してまで資産家の娘を妻とする。そんな映画で、主演俳優が役に共感していないというのは、かなり大変な状況だったようだ。

それでも映画は一見つつがなく、予定を消化してクランクアップした。

打ち上げには、真野の姿はなかったらしい。さもありなんというエピソードではあるが、とにもかくにも撮了まで持っていったのは、ひとえに当時の真野のマネージャーの尽力によるものだという。その結果、作品はその年のナンバーワンに選ばれ、世界各国で公開された。平原耕造の映画としては、異例のヒット作だった。

「あ、それが、『古市《ふるいち》さん』なんですか？」

祭は面を上げ、向かいあった先輩の顔を見た。

「まあ、そういうことだ」

——真野がオファーを蹴った理由、なにがあっても平原耕造とは組みたくないという強硬な意思を支えるもの。

それは過去の経緯によるものだと読んで、祭は古参の社員をランチに連れ出した。

最初はおずおずと、話がほころんでからは強引に聞き出した。真野が、自分の役どころに共感をおぼえなかったというのはどうでもよく、そんな状態でどうしてあの映画が完成したのか。祭の知りたかったポイントはそこだ。

「ま、おおまかにいうとルーツは『陽のあたる場所』なんだよな。あの映画で、モンゴメリー・クリフトが演《や》ったのが、あの時の真野奉一の役にあたるわけよ。日本でも、石川達三《いしかわたつぞう》の『青春の蹉跌《さてつ》』が同じテーマを扱っているな。これは、映画にもドラマにもなった。要するに、ああいう野心的なキャラってのが昭和の日本にはヒーローたりえたわけで、他には『白い巨塔』の財前五郎《ざいぜんごろう》なんかが似た感じの——」

「それで、古市さんって人は、どうやって真野さんをなだめたんでしょうか？」

先輩社員は、そこはかとなく厭そうな顔になった。これまでふるってきた熱弁など、まったく求められていなかったことに初めて気づいたようだ。祭にとっては、脱線したにすぎない小話だったと。ちょっとちぐはぐな間がある。

「……俺もよくは知らないんで、聞いた話なんだけどさ」

ややあって、先輩のほうから口火を切った。

「はい」

「特に古市さんは、なにか箴言《しんげん》を呈して真野さんを抑えたってわけでもないらしい。強《し》いていえば、真野さんの、古市さんに対する信頼の強さ？」

「……つまりそれは、真野さんがまだ若手だったからとか――」

「それ以外の、なにものでもないんじゃないの？　といったって、真野さん俳優に転向して七、八年も経ってるなあ。計算上では、だけど。それでも古市さんは、平原監督との間をうまくとりもって、何度も脱走しかかった真野さんを時間通りに現場に出して……そういう、地道な努力？　もちろん、古市さん本人が、真野さんの才能を誰より信じてたってことなんろうな。あ、だけど古市さんてなにかと伝説の人でさ、ほかにもあの今は大女優の」

「その古市さんて、今どうしてるかわかりますか？」

またも中断させられて、先輩は今度はおもいっきり嫌悪感を表す。

が、

「どうしてって、隠居してるんじゃないの」

訊いたことには応じてくれた。

「隠居……」

「なにしろ、もう七十過ぎなんだろ。俺がここに入った時、既に定年で退社してたからなあ――まあ歴史上の偉人だよ。今ごろは、孫に囲まれて悠々自適の生活じゃないの？　マネージャー時代は、さんざん苦労したらしいから。そのくらい安逸《あんいつ》とした老後を手に入れても、ばちがあたらないっていうか……」

もうしわけないことに、そこから先を祭は聞いていなかった。

古市がどういう人間だったかは、だいたいわかった。真野が彼に寄せた、信頼の出所も──。ひたすら誠実にことにあたるしかないようだ。真野を信じ、その資質を誰よりも高く評価し重んじる……いわば真野に全身全霊を傾け、誠意を見せ続けるしかない。

しかし、このオファーを請けることが最善策なのか、祭は実は迷っていた。傍目《はため》には誰もが羨む話題作だ。だが、真野にとっては敵地である。厭がる仕事に引きずり出して、よしんばランクアップまで漕ぎつけたとしても、その時真野の心がふたたび傷ついていたら、それはいいことなのか、悪いことなのか。

マネージャーとしてはもちろん前者をとる。だが、仕事を離れて見れば、真野を傷つけたくはない気持ちがどうしてもある。自分の、真野に対する気持ちがなんであるのか、もう祭には察しがついていた。いや、はっきり自覚していた。あのホテルのティールームで水橋を撃退した祭に向けた、晴れやかな笑顔を見た時に、この男が好きだと思った。傷つけたくないという想いは、まさに恋愛だ。

ただ、真野が今も昔も、入れこむ価値のある俳優だということはわかっている。対外的な評価という他人の物差しによるもの以上に、祭自身がこの目で仕事ぶりを見ている。真野が、結局芝居が好きで、芝居となれば真摯《しんし》に取り組む男だともわかっている。だからこそ、この人をもう一度明るい場所へ連れていきたいと思ったのだ。自分の手で。

そして、これ以上明るい場など、そうそうない。

真野と古市の間の絆《きずな》を知った今、はっきり言って自分が焦っていることを祭は認めざるを得ない。

古市に対しおぼえる、焼けつくようなこの痛みの源泉。これがある限り、いつまで経っても自分は真野にとって古市以上の存在にはなれないのではないか。かわいいペットぐらいには思っても、信頼を寄せるまでにはならないかもしれない。とにかく自分はまだ、真野のマネージャーとしてなにひとつ成果らしい成果を挙げていないのだ。

それが私的な感情だなどということは、どうでもいいのかもしれない。

この際、悪魔と取り引きしてでもとらねばならない仕事だと自分が直感した——ただ経験のない新米の勘に、外れがないとは言い切れない。

だが、と祭は頭を振った。外れだとも言えないのだ。なら、いい目が出るほうに賭けてみるのは悪いことではない。たとえそれで、悪魔と契約を結んだことになってしまっても、だ。

会議室で見せられたシナリオの第一稿は、「メフィスト・ワルツ」と題されていた。


真野は、ヘッドホンをかぶったままこちらを見た。足音は聞こえなくとも、人の気配を感じ取ったらしい。雑駁《ざっぱく》なようで、意外に神経質な男。

「おまえ、最近よく見るな。仕事もねえのに」

そして、そのままの体勢でぼそりと言う。大音量で聴いているのだろう、いつもよりやたらと声がでかい。

祭は無言で真野に近づき、その頭からヘッドホンを強引に外した。

「なにすんだよ」

鋭さはなく、どちらかといえば緩慢な抗議だ。

「それじゃ話が聞こえないでしょう」

祭は、真野の目の前に腰を下ろす。真野が胡乱《うろん》げに目をせばめる。

「話ったって、どうせ例のアレだろうが」

「ええ、例のアレですよ」

あれから一週間。日参して祭は、真野に平原の映画へのオファーを請けるようかき口説《くど》いていたが、雲行きは芳《かんば》しくない。真野は聞く耳さえ持たないようで、「あいつは嫌いだ。嫌いだから厭だ」と、子どもみたいに繰り返すだけだったし、祭は祭で、「そう言わず考え直して下さい」とひたすら押すのみ。

しまいには、キレた真野から蹴り出される——そんなぶざまな、繰り返し。これに意味があるのかないのかなんて、まったくわからない。自分にできることを模索した結果として、愚直なまでの説得以外方法はなかった。

「しつこい奴だなあ」

真野は心底うんざりした顔で、マルボロの箱に手を伸ばす。空になっているのに気づき、ちっと舌打ちした。

勝手知ったるていで、祭はオーディオセットを乗せたキャビネットの戸を開け、新しいタバコを取り出した。日参ついでにせっせと片付けた結果、カオスだったリビングに一定の秩序が現れはじめている昨今だ。

「おまえな、ホステスじゃねえんだから」

パッケージを破って一本取り出し、ライターの火まで近づけた祭に、真野は仏頂面《ぶっちょうづら》を向ける。しかし目には、愉快そうな色が躍っている。

今日は機嫌がいいかもしれない。あくまで当社比ではあるが。祭はいそいそと膝を詰めた。お、となぜか真野は坐ったまま尻で後ずさる。

「ここまで尽くしているんです。そんな俺に免じて、映画の話、乗りませんか？」

「——結局それかよ」

たちまちまたむっとした顔になった。

「結局それなんですよ。他になにがあるってんですか」

「厭だ。出ない」

「真野さんだって、そればっかりじゃないですか」

「はぁ？　おまえ、そりゃただの揚げ足とりじゃねえか」

「だって、もしかしてカンヌでいいとこまでいく作品ですよ？　受賞しなくたって、注目される。そしたらもう、二サスの五番手かよなんて科白も言わなくてすむようになります」

「……。あの男に命令されるぐらいなら、犯人でも死体役でもなんでもやってやるよ。だいたい」

真野は、さっきとはまた別のニュアンスを感じさせる細目になった。

「カンヌカンヌ、話題作話題作っておまえはそればっかだけどな。海外で評判とったり受賞したりって、それがそんなに偉いのか？　言っとくが俺は、サスペンスだってＤＶＤシネマの極道だって同じテンションでやっている。後ろ指さされようが、嘲笑《あざわら》われようがべつに恥でもないしな。そういう仕事だ。大作だから、有名監督の作品だからなんてことで、差別化したおぼえなんてねえからよ」

「……」

返答につまった。まさかそんな正論をぶってくるとは。

たしかに、真野は映画賞や内外での評価などいっさい気にかけてもいないようだ。

でもそれはポーズで、内心では受賞歴に誇りをもっているのではないかと思っていた。

そこをくすぐれば、自尊心が多少なりとも動くかと思ったのだが、少しも動かなかったようである。ショッピングセンターの営業はプライドが許さずとも、死体や犯人役は平気というその基準がわからない。わからないから、自分がもどかしい。

「……すみませんでした。ステイタスにしか目がいかない、未熟者です。真野さんのお気に触ったなら」

「だから。なんで謝んだよ。おまえは正しいんだろ？　卑屈になるなよ」

「いや、自分が正しいなんて言いたいつもりでは……」

否定しかかったが、そうではないと思い直した。

「……正直いって、焦ってます」

タバコを咥えたまま、真野は「ん？」と首を傾げた。

「俺、まだなにも真野さんのために役だってませんし――マネージャーとしての最小限の仕事もできてないのもわかってるんで」

目を上げると、真野は味わったことのない食べ物を口に放りこまれたような、とまどいと驚きの混ざった複雑な表情をしていた。

「……いろいろやってくれてると思うがな」

「え？」

「とか、フォロー入ると思ったか？　甘えんなよ、新米」

一瞬気遣うようなつぶやきの後、すぐに尊大な顔で祭を感情的に蹴り飛ばす。

どういう男なんだと、祭はころころ変わる表情についていけない。ほんとうは、自分のことをどう思っているのだろう。労《いた》わるようなそぶりをみせたかと思えば、すぐさまあっさりとそれを否定する。

自分が不馴れだから、まだ真野のことを深く知らないから。

だから、こんなふうにすげなくされるのか。まだまだおまえは信用できないと言われている気がする。透明な壁が、真野との間にあるのを感じる。そう、かつて彼の傍にいた、頼もしい年上の男とは違う。

その思いがよぎったとたん、

「古市さんだったら、OKしてくれましたか」

そんな言葉が口をついた。

「あ?」

「俺みたいな昨日や今日の馬の骨じゃなくて、古市さんのような腕ききのマネージャーだったら、監督が平原さんでもオファーを請けたんですか」

目を眇《すが》めた真野の表情が変わったことに気づいていたら、深追いのように言葉を接《つ》ぐことはしなかった。

祭は我にかえった。真野は、さっきまでとはあきらかに違った顔でこちらを睨んでいる。

まるで、肉食獣が獲物を視界に捉えた瞬間みたいな。不吉な顔つき。

そう思った時に、逃げなければならなかったのだ。

「新米だから、俺が馬鹿にしているって? おまえはそんなふうに俺のことを見ていたわけだ」

心の底まで冷えこむような、ぞっとする響きだった。

「だ、だって——自分でさっき、そう」

「わかったよ」

祭の言葉を遮り、真野はにやりとした。

「そのシャシンの話、請けてやる」

「え、ほんとうに？　……って」

一瞬にして手首を掴んだ、強い力。祭はしげしげと、掴まれたその手を見下ろす。

「その代わり、一発やらせろ」

すぐ間近にある顔が歪んだ。

「じ、じょうだ——」

「冗談でやらせろなんて俺が言うか。やらせろって言う時は、やりたいから言ってんだよ。憶えておけ」

「いや、それは」

めまぐるしい展開を、心が追いきれない。いや、前にもこんな展開があった。でも、これは全然違う。なにが違うのか。

オファー承諾と貞操《ていそう》を交換しようと言っている、と認識した時には既に真野が祭の胸に膝で乗り上げていた。

「ま、真野さん。待って下さい。俺、男ですよ」

言ったのは、ただ確認したいだけだったかもしれない。初めてここに足を踏み入れた時と同じ、あの覚悟するみたいな気持ちがじわじわと還ってきた。

「関係ねえよ」

言うなり、祭の襟元に手をかける。ボタンが弾け飛び、シャツに包まれていた胸が涼しくなった。

そこで、真野も正気だと確認できた。この男に関する限り、性別は「関係ない」のだ——数多い恋愛ゴシップの相手方は、必ずしも異性とは限らない。

そして真上にある、ぎらつくまなざしは、うるさい無能なマネージャーを黙らせる以外の強《きょう》靭《じん》な意図をはらんでいた。

嘘みたいな話だった。二十余年の人生で、男に欲情された経験はない。しかし、初めて劣情を掻き立てられたらしい相手が好きな男なら、どうということはない。しかも、芸能界でも指折りのモテ男と呼ばれた俳優だ。ある意味いい思い出。トロフィー。青春の勲章。

そんな、馬鹿な考えが頭を次々よぎったが、すぐに虚しさに見舞われた。自分はいいが、真野はただ肉欲を満たしたいだけなのだ、と気づいてしまった。そんなのは厭だった。気持ちがないのに男同士で抱き合ったって、そこにはなにも発生しない。固まりかけた覚悟が、だんだんまた分離していく。受容と拒絶の二極に。

とにかく、今、こんな経緯で真野に食われたくなんかないのだ。

だがそんな意思とは無関係に、長い指が肌を這う。わき腹をくすぐるように撫で、這い上がってくる。

「──あっ」

胸の粒をはさまれ、祭は声を上げた。はからずも嬌声《きょうせい》めかした響きにぎょっとする。なんだこの声は。

だが、まぎれもなく自分のものだったし、刺戟《しげき》されて全身に甘い痺れが走ったのもたしかだった。

真野が、ふんと鼻を鳴らす。

「童貞？」

そのまま肉粒を揉みこみながら、茶化すみたいににんまりした。

「ち、違いま……っ」

あまり多くはないが、セックスの経験ぐらいある。しかし、今までつきあった女の子の誰も、乳首を愛撫してきたりはしなかった。

だから、知らないでいた……男でも、そこを弄《いじ》られれば感じるということに。

「あ、は……や、いや、ああ……ん」

逃れたいのに、身をよじろうとすれば力強い膝に押し戻される。両手はまとめて頭の上に押さえつけられた。

抵抗を封じこめ、真野はわざといたぶるように二つの突起をかわるがわる指で責めた。そのたび、性感が内奥でうねり、はじめて知る感覚に祭はただ喘ぐしかない。執拗《しつよう》に捏《こ》ねまわされるうち、痛みをおぼえるほどになってきた。

逃げようと思えば、逃げられるはずだ。体格差はあれど、祭とて標準サイズの大人の男である。本気で抵抗して、敵わないということはないだろう。

そう思うのに、気づけば両方の乳首を指と唇で弄《もてあそ》ばれ、もういっぽうの手が下肢をまさぐっている。スーツのズボンの下にある、慎ましい膨《ふく》らみを布越しに摑んだ。

「……っ」

「勃《た》ってんじゃねえか」

やはり嗤った声が指摘する。

「厭だ厭だって言いながらおっ勃ててるんじゃや、信憑性《しんぴょうせい》はゼロだよなあ？　学士サマ」

身体をなぶられることよりも、その言葉のほうに祭は凍りついた——最近なりをひそめていたそのフレーズが復活した……マニュアル頼みの紋切り型、そういう評価からは脱却したのだと思っていたのだ。しかし、これではなにも変化などない。

そうである以上、真野にはやはり情愛からなどではなくて、ただ祭をこの状況下で犯してみたいというだけなのだ。

だが、既に抵抗する気も失せていた。最初から、きっと自分は抵抗しなかった。あの朝もし、真野が本気で襲いかかってきたとしてもだ。

さっきあんなに、厭だと思ったはずなのに、もう受け入れる方向にいっている。そんな自分は、なんなのだろう。真野の意図以上に、そちらのほうがわからない。

――深く追うようなことでもないのかもしれない。ただ、やりたいからやる。子どもではない。恋愛には、感情とともに肉欲もついてくる。そういう年だ。お互いにそういうことなら、それで初めて、真野と対等になれる。そのことに気づいていたから、一瞬で覚悟を決めることができたのだろう。

セックスという原始的な行為によってしか同じ高さになれない相手を好きになれば、自分の持っているただ一つのものを捧げるしかない。

そう思えば、殺伐《さつばつ》とした気持ちになった。しかし、身体が熱くなっていくこととそれはどうやら関係がないらしい。

「ん……んっ」

なお股間を刺戟され、布地を隔てているにも関わらず、淫靡《いんび》な快感がそこを中心に広がっていく。

「あ、や……」

しだいに余裕を失いつつある祭をよそに、真野はタバコでも咥えそうな気軽さで祭を追いこむ。

ジッパーを下ろす、やけに現実的な音。ウエストのあたりがすっとなったかと思うと、下着までくぐって大きな手が直に触れた。

「……っ！」

既に昂ぶったそこを、真野が捉える。欲望は隠しようもなく、そこで息づいている。

「乳首転がされて、大きくしちゃった？」

やはり嗤って、真野は言った。

「おまえ、ほんとは経験あるんじゃないの？　その反応、ヴァージンとも思えないぜ」

「っ、んな——！」

あわてて否定したものの、同性の手で導かれてそこまで感じてしまっているのは、実はそうなんじゃないかと思えてくる。

「く……っ」

その直後、幹を扱《しご》かれ歯を食いしばった祭の耳元で、愉快そうな笑い声が弾けた。

「頑張らなくていいんだぜ？　こうされて気持ちいいのは、べつに恥じゃない。男なら誰だって好きなことだろ」

挑発しながら、根源を捉えた手は決して緩めない。

扱きたてる容赦のなさも――。

「あ、あ、あ……っ」

何度か上下されただけで、そこはたやすく陥落した。そういえば、就職以来、していない……だがそんないいわけは、文字通り下手ないいわけにしかならない。

「う――っ、く……」

真野にすがりつくようにして、祭は身体を震わせた。びくびく跳ねるごと、いたぶられた先端から欲望の証が迸る。

「ふ……簡単な奴め」

乱暴に前髪を摑んだ真野が、唇を重ねてきた。嚙みとるように貪った後、口蓋《こうがい》をこじあける。肉厚の舌がもぐりこんできて掻き回す。一方的で、傲慢《ごうまん》な口づけ。なのに、口腔内を這いまわる舌の感触に、達《い》ったばかりのそこが反応する。信じられなかった。こんな辱《はずかし》めにすら感じてしまうことが。絡められた舌を、夢中で吸ってしまう自分が。

「はっ。またてめえ勝手にイクのかよ」

唇を離した真野がうそぶく。同時に降りてきた手が、欲望の根元をぎゅっとしめつけてきた。

「あ……厭っ」

反応しかかったものを押さえこまれ、僅かに身を捩る。

「厭もくそもあるか、俺はまだ達ってねえ」

「――く、そ、そんなの……」

それこそ、自分勝手に求めてきたのだ。どんな反応だろうが、それは真野自身の思惑で誘導されたものではないか。

「うるせえ」

真野の手が、さらに下った。膝裏に差しこみ、いまだ未開拓地である尻の狭間を捉える。

「！　い、厭だ――っ」

これから起こることは、祭にも予想できて、だが具体的にはなにひとつ想像できない。想像もつかないことは、さすがに怖い。祭は抗ったが、そんな抵抗とて虚しく、真野の指がすぼまりを探り当てる。引掻《ひっか》く。侵入してくる――。

「あ、や、やめ……っ」

祭はかぶりを振った。事実、異物感しかなかった。潤いもなにもなく、いきなり指を挿《い》れられて感じるわけもない。そんなものは希《のぞ》んでいない。探られることもはじめてなら、かつて他人が触れたことはない領域。

「やめ、てくださっ――そんなとこ」

内奥を這いまわる指を、なんとか抜いてほしくて訴える。

「広げとかなきゃ、痛いだろうが。いきなり俺をハメたら、おまえぶっ壊れるぞ」

やめてくれるわけもなく、真野はなお肉襞《にくひだ》を指で犯す。

さらにその上、恐ろしい予告までされて、祭は足掻《あが》いた。

「いや、厭……っ」

こんな行為に同意なんかしていない。いまさら卑怯なだけの言い分が浮かぶ。だがどうせ、身動きもできない。いつしか祭は、震えながらその侵入者の動きを意識上で追うしかなくなる。

それは、しょせんタレントの意志には逆らえないマネージャー、という図式に則《のっと》ったものではなかった。

そんなあきらめではなく、もっと能動的な……むしろ待ち望むかのように、真野の指を呑んだそこは妖しく蠢き、さらなる侵略の予感に蠕動《ぜんどう》している。

そんな箇所に侵入を許したことなど、かつて一度もない。

だから、軽々犯されることに、もっと嫌悪や怯えを感じてもいいはずだ。

それなのに、もはやどちらもなかった。それどころか、後ろで蠢く指がある一点を捉えた時、それまで以上の快美感が祭を貫いた。

電流にでも触れたみたいに、全身が痺れる。

「――ここか」

「あ……」

「おまえのイイところ、見つけたぜ」

「あ、や、や……っ、そこ、は……」

自分でもどうなっているのかわからなかった。ただ、肉壁を擦られるたび、ぶるぶると身体が震えるのをどうしようようもない。

「目いっぱい突いてやる」

翻弄される祭の耳に、半笑いの声が飛びこんだ。

「いや！　厭、も、やだ……っ！」

意味を悟り暴れ出した祭の身体を、万力《まんりき》みたいに真野の腕が、脚がしめつける。

そして後孔に押しあてられる、硬く熱い感触――。

「ひあ――っ」

さすがに本能が恐怖し、祭の身体がずり上がる。

だが、そんな抵抗さえ押さえこみ、腰を摑んで引き戻す力。

「や、や――ああ、やああ……っ」

なにがそこに入っているのか。考えたくもない想像が脳裏をかすめた。引き裂かれる苦痛と恐怖に頭の中が空白になる。

「ん……、さすがに狭いな」

ほくそえむ、真野の声。

「馴らしてやるから、ちょっと待て」

ゆるゆるとした抽挿《ちゅうそう》がはじまる。

「いや、しないで……痛い、も、やめ、て……っ」

祭はついに啜《すす》り泣きをもらした。挿入時の激痛はおさまらず、そんな状態で動かれたら、苦痛が増すだけだ。

だが真野は容赦なく、内奥を突き上げる。

「あ、あ、あ……いた——あんっ」

上げかけた悲鳴が、途中から嬌声に変わった。

「イイところ」を、真野の切っ先が探りあてたのだ。

痛みと同時に、全身を貫くような快感が走る。

痛くてたまらないのに、悦《い》いなんていうことがあるだろうか。

まるで身体だけではなく、心も二つに引き裂かれたみたいに、まったく相反するふたつの感覚が同時進行する。

そこからは、ひたすら甘い責め苦だった。

「う、う……、や、あ、ひあ……っ」

苦しみながら、挿入された箇所は恣《ほしいまま》な腰の動きに同調しはじめる。

どうして、そんなふうになるのか理解できなかった。

同性である男につっこまれ、突き上げられることをよしとするような、身体の反応だった。

心が持っていかれているから、身体のほうもつられて、引き割かれているのに悦《よ》くなってしまうのだろうか。

「ああ——あ、そこ……、そこ……っ」

ポイントを真野の雄芯の先に擦られるたび、そんな淫らな声がもれる。腰を揺らめかせ、もっとねだってしまう。

それは、決して本意からではないと思いたい。いくら好きになったからって、女のように扱われるなど、まだ心は受け入れきれていない。

「ああ——あ、厭……」

「厭なわけがあるか、こんなにお漏らししやがって」

真野の手が、二人の間にあるものを捉えた。淫蕩《いんとう》な笑みが口許に浮かんでいる。

恥知らずにも、そこはふたたび鎌首をもたげて反応している。

あまつさえ、零れる蜜《みつ》に淫靡にも先端を濡らしている。

「——おまえは、結局こうされたいんだ」

弄びながら、突きあげながら真野が囁く。

「違——う……っ」

かぶりを振りながら、なお内奥を突き上げられるその、背徳的な官能。

指摘されずとも、前は勃ち上がり、先走りをあとからあとから溢れさせている。

言うまでもなく、こんな行為を決して厭がってはいないのだ。

「う、う……っ」

今ははっきり意識している。身体の奥深くに真野を受け入れ、それどころか放埓《ほうらつ》なその動きを残らず味わうべく、自ら尻を振りたてている己《おのれ》のあさましさ。

まさかと思う。こんな行為を、ノーマルな男がそう簡単に受け入れるだろうか。

だが事実、こうなっている。真野を呑んだ後ろは、意思とは関係なく熟練した娼婦みたいに揺れ、前後に振りたてる動きをしている。

すなわち、こうされて自分は悦《よろこ》んでいるのだ。

尻につっこまれて、かつてないほどの愉悦を貪《むさぼ》っている。

痛くないはずがないのに、麻痺してしまったようだ。それは心がとうに受容していたからなのだろう。好きにはなったが、そういう意味でつながりを持ちたかったわけではない……今になるまでそう思おうとしていたが、やはり間違っていたみたいだ。

「あ、ああ、あ――っ」

内壁を執拗《しつよう》に擦られ、感じる場所を存分に刺戟され、ふたたび絶頂が近づいてくる。

感じたくないのに……イキたくなんてないのに、勝手に身体が悦びをおぼえてしまう。気の遠くなるような絶頂感と引き換えに、恥の感覚まで手放すように、祭は放埓な声を放った。

# 5

ボールルームに、波のようなざわめきがひたひたと押し寄せている。

所定の位置でカメラを構え――あるいはレコーダー用のマイクを突き出しながら、集まった連中は少しでもわが社に利益をもたらすべく、今できるもっとも効果的な取材行動を模索していた。

上手に設えられた暗幕の中、その様子を窺《うかが》っていた祭《まつり》は、ほっと嘆息した。

「すごいでしょ？」

背後で、聞き馴染《なじ》んだ声が囁く。

「あいつらの生命活動たるや、まさにケダモノレベルね」

蓉子《ようこ》は、心底馬鹿にしたふうに言う。

「……本能なんじゃないですか、むしろ」

整然と席取りを終えた報道陣を見渡し、祭はそう応じた。

背中に笑い声が弾ける。

「意外とあんたって図太いのね。頼もしいわ、左草《さそう》」

言葉とともに、ぽんと背中を叩かれた。

びくりと反応し、振り向いた視線の先で蓉子が一歩下がるのを認めた。

――そうかもしれない。

視線の先には、横長のテーブルに次々と着席していく本日の主役たちの姿がある。

とりわけ、平原耕造《ひらはらこうぞう》の右隣に陣取った姿が、祭の目を惹きつけた。

それを自覚し、苦笑いがもれる。

あれから二ヵ月が経過した。真野は約束通りに映画出演を承諾し、打ち合わせや衣装合わせ、また数回の脚本読み合わせ、リハーサルと急にスケジュールがたてこんだ。

それらがまったくスムーズに進行していったとはいいがたいが、予定通りに三日前からクランクインしている。

そして、今日の制作発表会見となったわけである。

趣味の悪い金屏風《きんびょうぶ》が、平原の美意識を損ねて撤去された以外は、特に変わったこともなく準備は進む。

天井から吊るされた、「メフィスト・ワルツ」という看板を見上げ、祭は静かな感動にとらわれていた。

タイトルと平原耕造の名に並んで、「真野奉一《まのほういち》」が三番目にそこに記されている。夢ではない。とうとう、映画界のメインストリームに戻ってきたのだ。

後列に立つ他の俳優には悪いが、前列の目立つところに、たしかに真野がいる。

――こんなことになっても、まだ自分の関心をひくのは真野奉一であり、公の場でも、その姿は切り取ったみたいに祭の視界にぽっかりと浮かび上がる。そんな自分がおかしい。主演は若手俳優だが、祭にとっての主役はいつだって真野なのだ。あらためてそう思った。

いや、むしろ、あんなことがあったからこそ、なのか。

それにしてもカメラが多い。平原耕造のひさびさの新作ということもあるだろうが、なんといっても真野を起用したことに世間はあっと言った。

世界的な監督が、今はくすぶっているとはいえ、世界的な俳優と十年ぶりに組んだのだ。これまで、真野を無視し虐《しいた》げてきたマスコミも、こぞって取材クルーを送りこんできた。DVDシネマではニュースの種にもにならないが、平原耕造の新作ならゼニになると読んでのことなのはよくわかる。

しらじらしい、いまさら、つけあがりがやって。

裏ではそう罵倒《ばとう》した真野だったが、それらを抑えつけて会見の場に臨んでいる。こちらから見える横顔は、あまり愉快そうではないが、とりあえずトラブルにならなければそれでいいのだ。蓉子も同じ気持ちらしく、心配そうに会見用のテーブルに目を向けている。しかし、祭のように半分は喜びながら、いっぽうでは情けない、という複雑な思いはないだろう。

どうして真野がオファーを請けるに至ったのか。その後、些細な行き違いなどがあったとはいえ、現場ではいたって素直に平原の指示に従っているのか。

詳しく知っている祭だけが抱く、ややこしい感情。

そんなに律儀《りちぎ》に、約束を護る男ではない。

オファーを請けた日より、既にクランクインした今日まで。

いつ、真野が「気が変わった」と言い出すか知れない。「そういう約束はしたが、やっぱり厭なものは厭」——そんなふうに突然キャンセルしてしまう事態だってあり得たのだ。

実際、平原とは既にぶつかっている。まあ、降板《こうばん》騒動に発展するようなトラブルではなく、小競《こぜ》り合い程度のものだが。

平原は、真野とはまた違った意味で傲慢で、同じぐらい短気な男だった。同じメンタリティ、と蓉子が笑ったのもわかる。小松崎みたいな暴れ方はしないものの、自分の書いた脚本に対し些細な疑問をさしはさまれただけであからさまに機嫌を損ねる。インテリの自負を隠しもしない男。完璧主義者で、役者など駒の一つとして機能すればいいとでも思っているのか、立ち位置から細部の所作にいたるまできっちりと決めていて、それを破ることは禁じる。

乗れば当意即妙のアドリブで作品に深みと輝きを与える、真野のようなタイプの俳優と合うはずもない。水と油というよりは、むしろ塩素系漂白剤と酸性洗剤の取り合わせ。事実、「混ぜるな危険」と陰でスタッフたちが言うのを聞いた。

そんな平原にむっとしつつも、真野は現場ではよく耐えていた。だが気に食わないことがあった日は、必ず祭を部屋に引っ張りこんではめちゃくちゃな抱き方をした。あれ以来、ずっと淫靡《いんび》な関係は続いていて、挑まれれば祭は従うしかない。

そうでなくても真野は無鉄砲な男だ。明日は早朝からロケがあるという夜も、平気で何度も求めてくる。空が白むまで抱き合っていて、結局一睡もせずロケ現場に直行したのは一昨日のことだ。

それでも演技に入れば抜群の集中力と勘の良さを見せる真野には、皮肉ではなく感心する。そういう立場だからしょうがない、とされるままになっていたはずの祭だったが、真野とのセックスが厭なわけではないのも事実だ。所を選ばず服を剝ぎとられて、キッチンの床で後ろから犯されたり、口淫《こういん》を命じられればどこででも真野を咥《くわ》え、あるいはバスルームで延々と射精させてもらえないままねちっこい愛撫に啼《な》かされたり——ケダモノというのは、こういう男のことだと内心で罵倒《ばとう》してみたりもするが、それが自分の真意でないことも知っていた。

もし、他の誰かが真野のマネージャーで、真野から同様のことをされたなら、と想像しただけで喉元がちりちりする。胸を抉《えぐ》るような幻の痛み。

自分がマネージャーでほんとうによかったと思っている。邪《よこしま》なのは、真野よりも自分のほうかもしれない。真野はただ欲望に忠実なだけだが、しかたがなくて従っているとみせかけている自分は嘘つきだと思う。真野に惹かれはじめたのがいつの頃からなのか。ふと考えてみるが、そもそも最悪だった初対面の時から自分はこの男が決して嫌いではなかった。最悪だとは思ったが、ふと流れてきた視線に引力を感じた。想像したような卑屈さもなかった。

もちろん、手はかかる。子どもっぽくてわがままで、問題ばかり起こすトラブルメーカー。でも、そういうところも好きだと思う。屈折しまくってひねくれて、時々まるで世界中を敵に回して一人で戦っているみたいに見える。そんな、どうしようもなく歪《いびつ》なところも厭だとは感じない。

あまりに犯られまくったせいで、脳髄《のうずい》まで真野の固く太い雄《おす》に貫かれているのか。そうなのだとしても、求められるのは嬉しかった。ほんとうは、自分から抱かれたいと思う時もある。真野は気づいてもいないだろうが。

そんな男から、自分はなんだと見られているのだろうか。それを思うと気鬱《きうつ》に見舞われるので、あまり深くは考えないようにしている。時たま見せる眩《まぶ》しそうな表情や、「ヘンな奴」とあい変わらず嬉しそうに言うのを見ると、もしかすると相手も同じ気持ちなのかもしれないと思う。

しかしすぐに、そんなわけもないかと否定して、思念を打ち切る。その繰り返しで、推察は「もしかしたら」を一歩も出ない。

ただ、嫌っている相手とはこんなに頻繁に寝ないだろうと、そんなあたりまえのことを思って自分を慰めている祭だ。

もちろん、周囲の誰も、蓉子すらも二人の関係を知らない。真野が男女を問わないのは知られていても、同性でマネージャーというのはある種盲点になるらしく、誰も疑わない。

記者会見は、配給会社から派遣されたスタッフの進行により、滞りなく終わる――はずだった。

だが、「それではこの辺りで」と言いかかったスタッフを遮るようにして、「あともう一つだけいいですか」という女の声が上がる。彼女は、会社と自分の名を名乗った。社名から、女性週刊誌だなと見当がつく。

厭な予感がした。真野と女性週刊誌、それこそ塩酸ガスを発生させかねない組み合わせだ。

あんのじょう、彼女は間を置かず「真野さん」と危険な指名をしてきた。

「今回のターゲットは、お隣におられる夏海《なつみ》さんですか？」

明るい声色だっただけに、却って場がしんと静まりかえった。

夏海《なつ》碧《みどり》は、三十二歳の女優である。今回は、主人公と真野演じるその義父の間に緊張関係をもたらす謎めいた女という役どころだ。

十代の頃からアイドルとして君臨してきたが、事務所のガードが堅くこれまでゴシップらしいゴシップが出たことはない清純派。

そんな、優等生タイプの女優と、共演者キラーとして名を馳《は》せる、身持ちの悪い俳優。

もし二人がつきあうようなことにでもなれば、ネタとしては面白いだろう。しかし、それは双方ともの事務所がもっとも警戒している点でもあった。

夏海サイドからは、必要以上に真野を彼女に近づけないよう申し入れられている。初めての顔合わせの時から、祭は常に真野の動向に目を光らせていた。監視するなど、正直気が進まなかったが、相手側だけでなく、蓉子からも厳重に言い渡されたことだ。

もっとも、今のところ真野が夏海にちょっかいを出しているふしはない。どちらかといえば、夏海碧のほうが積極的に真野に話しかけたり、自由昼食の時など誘ってきたりするぐらいだが、それはただ現場の華としての立場を自覚しているだけのことかもしれない。見かけだけでなく根っから真面目な性格だとは、少し観察していればわかることだった。

それを、なにを外野から煽るようなことを言い出すのだと、祭は無神経な女性記者に腹が立った。誰もいなければ舌打ちをくれるところだ。

「ええと、映画に関係のない質問は控えて下さい。それではお時間となりましたので」

ややあって、進行役のスタッフがあらためて会見の終了を告げ、その質疑をなかったものとした。それを機に、着席していた平原とキャスト陣が立ち上がる。

「真野さーん、夏海さんの印象だけでもお答え願いまあす」

だが女は、わざわざ自分まで立ち上がると、不躾な質問をなお飛ばしてきた。

いつもながら、こういう輩《やから》の神経はポリカーボネイトの特別製なのかと疑う。たった今退けられた理由はおろか、拒否されたことじたい把握していないのではないかとすら思う。

こちらにはけてきながら、真野が立ち上がった女のほうを見た。

祭ははっとした。ここでよけいなことを吐かれでもしたら、今まで協力しあって動いてきた事務所同士の間に微妙な軋みが生まれるかもしれない。

が、祭が踏み出す前に真野は口を開いていた。

「あともう一つだけいいですかってオマエ、刑事コロンボじゃねえんだから」

一瞬全員があっけにとられた後、どっと笑い声が上がった。張りつめた空気が、一瞬にしてなごむ。

真野は、そしてにやりとした。祭の上で裸の尻を動かしている時に見せる、あの、淫蕩《いんとう》な笑みだった。

不躾《ぶしつけ》な女が、はっと息を呑んだのがわかった。それきり一言も発さず、すとんと椅子に坐り直す。

おそらく、と祭は思った。腰くだけになってしまったのだろう。あの色気滴《したた》る表情をまともに受けたら、平気でいられるのは難しい。誑《たぶらか》し。真野が、場を元に戻すためにしたフォローだとはわかっていた。でも、他の人間に同じ顔を向けられるのは厭なのだ。焦げ臭い匂いが鼻先をかすめる。

自分自身の胸で勝手に燃やした、嫉妬の香りだとすぐに気づいた。

真野が実際、夏海碧をどう思っているのかは聞くことがなかった。なにごとも起こらなかったからである。

制作発表から一週間後の真夜中だった。突然、ベッドサイドで携帯の着メロが鳴った。

この仕事、いつなにが起こるかわからないから、常に二十四時間体制でいろと言われた。

学生時代までは、真横で携帯が鳴ろうが熟睡していて気づかないなんてことはざらだったのに、不思議なもので原口の薫陶《くんとう》を受けてからは何時にかかってこようと、着メロを聞いた瞬間目が覚めるようになった。

たとえ、ほんの二時間前まで、真野の逞しい身体に組み敷かれ喘がされていたという場合でもだ。既に日付は変わっている。

「――はい」

隣で眠る男を起こさないようにフリップを開き、祭はベッドからリビングに移動した。

『左草《さそう》？　今、家？』

電話は蓉子からだった。とたんに四肢《しし》が緊張する。反射的に「はい」と答えてしまったが、蓉子は嘘に気づかないようだ。それどころではない緊迫感がびんびんと伝わってくる。

『すぐ真野を迎えにいって、それから二人ともこっちにきて。あ、タクシー使っていいわよ』

「こっちって……あの、会社ですか」

『決まってるでしょ。とにかく今すぐに。真野にはこっちから連絡しとく？』

「いえ、だいじょうぶです。俺から連絡します」

真野なら隣室で高鼾《たかいびき》をかいている。だがもちろん、迎えにいくまでもなくすぐに二人で出られますなんていう真実を告げる必要も度胸もない。

「あの、なにがあったんですか」

いつもなら、「決まってるでしょ」の後に「今から御殿場《ごてんば》のデニーズに召集かけてどうすんのよ」などと軽口を挟んでくる蓉子である。それがそんな余裕とてない。

非常事態が発生したのはたしかだ。どんな事態なのかは想像できなかった。

『きてから話す』

「……わかりました」

電話口では説明しきれないということか。そんな電話を、素っ裸でひとの家のリビングにしゃがみこんだ状態で受けたことに罪悪感をおぼえた。

だがそんな場合でもない。祭は寝室へ戻った。スタンドをぱちりとつける。

「真野さん。起きて下さい」

声をかけたが、ううと唸ってごろんと寝返りをうつ。うっすら汗ばんだ背中を見ていると、こんな時なのに下腹部が疼《うず》くのをおぼえたが、それこそ「こんな時なのに」だ。

「真野さん。社長から緊急に話したいことがあるそうなので、今から会社のほうにいかなきゃならなくなりました。社長はすごく、なんというか焦っておられます」

起きてくれるまで根気よく話しかけるのには、もう馴れている。できるだけ長文で、間をおかないのがこつだ。

はたせるかな、真野はもう一度低い唸り声を発した。

「んあ？　なんだよ、何時だと思ってんだ」

それでも上体を起こし、寝ぼけまなこでこちらを見る。その胸にもまだ、汗が光っていた。

「十二時を回ってます。だけど、べつにこんな時間に外にいくのなんて、珍しいことじゃないでしょう？」

暗に、祭を連れこまない時はあちこちの酒場を渡り歩いているのをあてこするように言う。

「あ？　なんだよ厭味言うために起こしたのかよ、暇なやつ」

言ってまた、寝そうになるのであわててその肩を摑んだ。

「寝ないで下さい、今から会社にいきま――っ」

摑んだ手を逆にとられ、身体が大きく傾ぐ。その胸に倒れこむようにして引きよせられ、唇を塞がれた。

「ん……」

口腔に侵入してきそうな舌を押し戻し、祭は腕をつっぱってなんとか離れた。深く口づけなどかわそうものなら、そのままたベッドで湿った身体をくっつけあう行為に持ちこまれる。

そして自分は、それを拒めない。

「なんだよ、チューぐらいいいだろ。いや、俺はもう一回やってもいいが」

「そんな場合じゃないって、何度言ったらわかるんですか」

「……なに？」

いつにない冷淡さで、てきぱき衣服を身につけていく祭に、はじめて異常を感じたようだ。

「ですから、会社に」

「こんな時間に？　なんでだよ」

「社長から緊急に呼び出しの電話が入りました」

結局、また同じことを繰り返すはめになる。聞いちゃいないとは思っていたが、やっぱり聞いていなかったと知らされるのとは別の話で、むなしさに見舞われた。

「ババアが、いったいどういう用件だよ」

「社長です……それ以上のことは俺も聞いてません。会社に着いたらで話すとのことでした」

「……。つまり、今から事務所にいくってことなのか」

「最初からそう言ってます」

祭は無駄口を叩かず、さあさあと真野を引っ立ててバスルームへ追いやった。情事の名残なんていうものは、意外と他人に気づかれることはないとわかっていても、さんざん汗をかいた身体を、自分の匂いが移った真野を蓉子の前に差し出せるほどの勇気はない。

いつかそういうことも、平気でできるようになるのだろうかと、真野が身支度をすませるまでの間、ぼんやり考えた。


駐車場まで歩き、ジャガーに乗りこんで走り出す。

そうしてたどり着いた、神宮前のオフィスの会議室では、眉間に皺《しわ》を寄せた蓉子のほかに、原口《はらぐち》も待っていた。未希《みき》に専念しているはずの常務まで いる、というのが緊迫した事態を想像させて、祭は内心怖《お》じ気《け》づきそうになった。

弱さのほうに引きこまれなかったのは、

「なんだよ、真夜中に不景気そうな雁首《がんくび》並べやがって。八つ墓村かってんだ」

という、真野の極めて口汚いつっこみのおかげだった。

「真野さん。まだ話も聞いてませんから」

ジャケットの裾をひっぱり、ようやく坐らせた。

蓉子も原口も、黙りこんでその一幕を眺めている。これはやはり、かなり深刻ななにかがあるのだろう。真野だけは、そうした空気を読めていないみたいだが。

「オブラートにくるんだってしょうがないから、今……正確には昨夜だけど、こっちに入ってきた情報を正確に伝えるね」

テーブルをはさんで向かい合うと、蓉子が口を開いた。

「さっき、力《ちから》が逮捕されたの。罪状は、薬物所持」

チカラって誰だ？　まぬけなことに、祭の脳裏にまず浮かんだのはそんな疑問だった。

すぐに、それは二十年前に生を受けた、真野の息子だったと思い出す。

生まれてまもなく、真野のもとを離れ、母親の手で育てられた……今はバンドをやっており、インディーズで活動している。

その力が、逮捕された？

「今のところ所持ってだけだけど、そうね、朝になる頃には使用のほうで再逮捕されてるかもしれないわね」

もちろん、そんな薬をただ持っているだけの人間なんて存在しないし、売人だというのでもない限り、入手すれば使う。

だが、真野の息子が？　突然降ってわいた災厄《さいやく》に、祭のメンタルはついていけない。捕まったのは力であり、真野とはもう長いこと離ればなれになったきりだと聞いている。それでも、小学生ぐらいの頃にはまだ、たまに食事にいったりはしていたらしい。こちらは最近真野自身の口から語られたことだ。最後に会ったと聞いたのは、いつのことだっただろう……。

「でも、だからって真野さんにどうこうってことはないですよね？」

祭は、目の前の二人のどちらにでもなく確認した。少なくとも、七、八年は会っていない。

「どうこうってことない、わけがないでしょ、左草」

だが、祭の楽観を、蓉子は蹴飛ばした。

「息子はマイナーなミュージシャンでも、真野はまだまだバリューのある現役の俳優なのよ？しかも、今いちばん話題になってる映画を撮ってる最中で……成人もしていることですし、本人のことは本人に任せていますーーそんな逃げ口上でぶっちぎれると思う？」

いや、逃げ口上もなにも、それがたった一つの真実ではないか……祭は、隣を見た。力の逮捕を聞いても、真野は一言も発さない。その横顔だけでは、どんな思いが去来しているかは測りかねた。ただ、「関係ない」と思っているのではないことはたしかだ。真野のような男の無表情には、見えない心情が深く刻まれているものだと、経験上知っていた。

「で？」

四人とも押し黙った後、沈黙を破ったのは真野だった。

「俺は、どうすりゃいいんだ？　降板か」

「冗談じゃないわよ、なんで成人した息子の不祥事で、いっしょに暮らしてもない父親が活動を自粛《じしゅく》しなきゃなんないのよ」

さっきの意見とは、正反対のことを口にする。その矛盾に、気づいているのだろうか。

「そう思ってんなら、無視すりゃいいだろ」

祭も思っていたのと同じことを言った真野に、蓉子はきっぱりした表情を向けた。

「明後日──あ、もう明日ね。夕方に、記者会見を開きます」

は？　その結論に、祭は首を傾げた。

たしかに、「子どもの不祥事を詫びるために会見を開く親」というのは、芸能人では珍しくない。まだこの世界に入る前の祭だって、そんな場面を何度も目にした。

「でも、そんなことしたら、却って真野さんの監督不行届のせいだって認めるようなことになりませんか？」

思ったままに疑問を呈する。蓉子の、妙にらんらんとした目がそれを出迎えた。

「もちろん、そこは躱《かわ》すわよ」

そして言う。

「いっしょに暮らしてたのは、力が赤ん坊の頃だけだしね。その後、彼がどんなふうに成長したか、成長して悪事に手を染めたかなんてことは、真野には関係ない」

「じゃあ、そういうことでやっぱり無視──」

「事実はそうでも、世間はそんな言い分、認めるもんですか」

祭は口を閉ざした。たしかに、蓉子の指摘の通りかもしれない。

だが、実際、力が薬物に手を出したのが、真野にほどこされた教育の結果だなんていうことは、絶対にないのだ。

「謝ればいいの。それだけ。この度は、不肖の息子がとんだご迷惑をおかけしました──そう言って頭を下げただけで、世間は真野を見直すわ」

「いや、でも」

関係ないのだから、下手に自分のせいだなんて言わないほうがいいに決まっている。

祭には、やはりそうとしか思えない。甘い、と蓉子はかぶりを振る。

「真野が、そこいらへんにいる、ありふれた平凡なサラリーマンだとかなら、それですむかもね。とっくに縁の切れた子どもだからってね。だけど、そうじゃない。この間の会見のこと、もう忘れたの？　本編をただアピールすればいいだけの場で、なんら関係ない、夏海碧を口説《くど》いてるんじゃないのかなんて頭の悪すぎる質問が飛ぶような世界よ？　それだけじゃない、映画にはスポンサーってものもいるの。真野のことで印象を悪くして、手を引くなんてことがあっちゃいけないのよ。左草、少しは考えなさい、きみが今立っている場所が、どんな世界なのか」

息詰まるような、重たい気分が、言われなくとも去来していた。それは祭にのしかかり、胸を、心を圧する。

だがその時、真野が口を開いた。

「べつに、そこまではこいつには関係ないだろ」

と。

はっとして、真野を見遣《みや》る。

「こいつと力は、面識すらないんだからな……左草のことはさておき、俺はそういう場に出るのはごめんだ。あんたの提案は、だから却下。それで降ろすっていうんなら、あいつの好きにすればいい、平原がブルって俺を降ろさせるのも奴の自由だ」

きっぱりと、主張すべきところは強調する。

それは、いかにも真野らしい結論だった。謝罪もしないし、降板も辞さない。しかもその決断は、真野がどんな男だかをよく知っているはずの平原の判断にゆだねる。

なんら、つっこむ隙もない言い分だと思った。犯罪者の父親になったからといって、小さくなる必要などない。真野は、そう言いたいのだろう。

蓉子は、ほっと肩で息をついた。

「なるほど、それは正論ね。本人のあずかり知らないところでついたケチなんて、たしかにあんたの知ったことじゃないわ。破天荒《はてんこう》な真野奉一なら、そう言うでしょうね。でも」

きつい目線は、今度は真野のほうを向く。

「だけど、世間様はそれじゃ納得しないの。そんなことは、いやってほどわかってるでしょ？あんたのキャリアで、知りませんでしたなんていいわけは通さないわよ？」

社長はずるい。祭は思った。経験からのバランス感覚で現状を悟れとつめよれば、自分のような未熟なマネージャーが口をはさむ余地はなくなる。

かといって、真野が自分なりの言い分を口にしても、それは真野自身に欠けている常識やバランス感覚のせいとしてはねつけられる。

要するに、手も足も出せない状況へと、追いこもうとしているのだ。

真野一人ではない、かくいう自分もこみでだ。反論を封じる。結局のところ、事務所の提案に乗っかるしかなくなるように――。

むろん、駆け出しの身でずるいと指摘できるわけがなく、真野の裁量《さいりょう》に懸《か》けるしかない。

ところが真野は、そう言われて言い返すでもない。

ただ唇を嚙んでうつむくのみ……なら、自分もここで折れるしかないのか。

そんな、絶望的な気分に見舞われた時、真野が口を開いた。

「俺は、降板するのも厭だが、そんな茶番に乗るのはもっと厭だ」

きっぱりと告げる。

社長の眸が揺れた。

「それは、会見を拒否すると、そう言ってるの？」

「他のなんだってんだよ。とうとう耳まで遠くなったか」

真野はうそぶいた。

「でも、それなしでは、あんたはもう降板するしかないのよ？」

「それは、平原の決めることだろう」

「とんだ馬鹿ね」

わざとなのだろうが、蓉子がせせら笑った。

「作家主義なんてご高尚な言葉で飾っておられますが、この五年、平原が干されていた、そのほんとうの理由を知らないわけじゃないでしょう」

「気難しすぎて、あちこちで軋轢《あつれき》を起こしたんだろ。俺と同類だな」

「知ってるならわかるわね。彼にはもう後がないの。つまり、今回に懸けてる。スキャンダルの波及効果を怖れたスポンサーが離れたら、確実に平原はあんたを切るでしょうね」

「……、なら、それでいい」

真野は、傲然《ごうぜん》と返した。

自分には非のないスキャンダルで、干されるのも諾《だく》とする。その意思は変わらないようだ。どうすればいいのか、祭にはわからなかった。ただ、真野がこれ以上の論戦を拒否したい気持ちだけはよくわかった。

ただし、伝わったところで祭にはどんなフォローもできそうにない。こんなところで、己の無力を知ることになるとは。そっと奥歯を噛む。立ち上がる真野を、ただ茫然と眺める。

「ちょっと、まだ話の途中よ」

「俺には話すようなことはもうねえよ」

交渉は決裂した……あるいは、講じるべき策はあるが実行不能だったというべきなのか。

真野は蓉子たちに背を向け、部屋を出ていく。蓉子が大きく肩で息をついた。だがそれ以上引きとめることはない。

真野と行動をともにするべきか、祭は迷った。まだ解決策があるかもしれない。それがあるなら聞いて、真野に伝える責務がある。まちがっても、「メフィスト・ワルツ」のメインキャストを真野自らの意思で降りるような結末だけはごめんこうむりたかった。

「謝罪会見以外に、逃げ道はないですかね？」

おそるおそる口を開く。

「いや、たとえば本編に絡めて、撮影の近況報告みたいな取材にこの件を混ぜこむとか、あるいは民放一社に絞ってインタビューを受けるとか」

こちらにとってのみ都合のいいばかりの結末ではなく、「寺木《てらき》エンタープライズ」が面目《めんぼく》を保てるような収束法を考えたつもりだった。

だが、こちらに向けられた蓉子のまなざしは、そんな妥協を許さない厳しさを湛《たた》えていた。

「謝罪会見以外は、ないわ。日にちも場所も決まってるのよ？」

「それは、真野さんの意思とは関係なしに……」

「あの尊大な真野が、フラッシュの放列の中で頭を下げるの。どれだけの視聴者が、溜飲《りゅういん》を下げることでしょうね。そして、その時にこそ、真野は赦《ゆる》されるの。今まで働いた狼藉《ろうぜき》を、それで精算できるのよ……すばらしい。寝たい男ランキングに返り咲くかもね」

まるで、これまでに堆積《たいせき》した悪い評判をもついでに一掃したいかのような口ぶりだった。

いや、むしろそちらが真の狙いなのではとさえ思えてくる。

「そんな。好感度アップのためにやりたくもない会見なんて本末転倒っていうか。あまりにも真野さんに対して冷たすぎます」

「左草」

蓉子は怖い顔で遮った。

「きみを雇っているのは、誰？」

「……、社長です」

「そう。決して真野じゃない。きみはこちらサイドに立ってる人間だってこと、わきまえなさい。タレントに取りこまれてほんらいの業務すらできないっていうんなら、それはマネージャー失格。いいわね」

「……」

「会見場はもう押さえたし、マスコミに向けて通達もした。これをすっぽかされたら、ウチが困るの。未希の評判だって、地に堕ちる……だけど、あたしは真野に懸けようと思う」

いったん言葉を切り、正面から祭を見据えた。

「所定の時間までに、真野を連れてくる。それが、いまのきみに課せられた唯一の使命です」

「でも、真野さんが承諾するはずが……」

「承諾なんていらないの、真野が記者会見の場にいるってことだけが重要なの」

「……そんな強引に引っ張ってきて、真面目な質疑応答になるでしょうか。わざとやばい失言なんかして、却ってひんしゅくを買ったり」

「なら、その時はその時。あの男がそこで、生放送中にライブで破滅するだけよ」

「そ……」

「まったくね。わけのわからない営業なんかとってきて馬鹿にされるのは平気なくせに、どうしてこんな簡単なことはしぶしぶなの？　真野はともかく、あたしはきみって人のほうがわからない」

いらいらした仕草で髪を束ねていたゴムを外す。

「いいわね？　今日一日ある。踏まれても蹴られてもいいから、真野を連れてきなさい」

社長による、絶対命令だった。


暗然とした気分を抱いて、祭は事務所のあるオフィスビルを後にした。

――あたしはきみのほうがわからない……。

頭の中に渦巻くのはなぜか、厳命されたことよりも蓉子のその嘆きのほうだ。

蓉子は、祭が真野とのっぴきならない関係を結んでいるとは知らない。その関係を、祭が大事にしていることも。

好きだから、真野の意に染まぬことはさせたくない。営業の件なら、真野がライブは好きだと知っていたからで、結果的には的外れだったけれど、真野に強要するつもりもなかった。

——などという申し開きなどできるはずもなく、ただうつむいてとぼとぼ歩く。駐車場に、ジャガーはなかった。予想していたこととはいえ、真野はほんとうに一人でさっさと引き上げたとわかり、あまりにも信頼されていない自分が情けない。

その足で、どこに向かったのだろう。

携帯を鳴らしてみたが、例によって電源が入っていないようだった。メッセージ録音をうながす機械的な声を途中で遮断し、祭は駅のほうへ歩き出す。そこで、タクシーを拾うつもりだった。

真野がどこにいこうが、自分が戻る場所は一つしかない。

真野の部屋の窓に灯りがついているのを見て、ひとまず祭は安堵した。どうやら、真野は寄り道をせずに帰宅したようだ。今日と明日は急遽撮休になったが、その後まだ仕事は続く。少しでも睡眠をとって、体力を温存してくれているなら、ありがたい。

だが、リビングに足を踏み入れた祭が目にしたのは、床を灰だらけにしながらタバコを吸い、酒瓶から直にウイスキーを呷る、荒んだ姿だった。

祭が入っていくとちらと視線を上げたが、一瞥《いちべつ》しただけですぐにそっぽをむく。

内心ためいきをついて、祭は散らかった部屋を片付けにかかった。こぼれた灰をティッシュでかき集め、空箱とともにダストボックスに放りこむ。散乱した雑誌類はひとつにまとめ、使われていないテーブルに載せた。

「――おい」

低い声が呼ぶが、聞こえないふりをして片付けを続けた。

すると「おいっ」といらだった声とともに、いきなり背中を蹴飛ばされた。

「！」

「ちょろちょろすんな、うっとうしい」

酔いに濁った目が、いまいましそうに見ている。

「……すみません。でも、散らかすのは身体にもよくないです」

「どういう理屈だ。ゴミ屋敷に住んでる健康な人間なんて、いくらでもいるだろう」

いや、それは精神面では健康とはいえませんから。反論は口に出さずただ見つめていると、ふいに手が伸びてきた。

「――真野さん」

絡め取られる前になんとかその腕を逃れ、祭は尻で後ずさった。

「なんだよ」

「お願いです、記者会見をして下さい」

壁にくっつくようにして膝を揃え、祭は床に頭を擦りつけた。

「……は？」

顔を上げると、眇《すが》めた目に出会う。

それは、みるみるうち不快そうに曇った。

「結局、てめーもそれか。あの女の側につくんだな」

「俺は、誰の側でもありません」

ここに辿りつくまでさんざん考えてきたことを、祭はようやく口にした。

「俺は、ただ俺の意志の側に立ちます。それ以外のなにかに与《くみ》することはありません」

「で、そのおまえの今の意志ってのは、俺にわけのわからない連中の前に出て、事務所の方針に従って、このたびはもうしわけございませんでしたと土下座させることなわけだ？」

皮肉な口調。だがまなざしは探るように祭を射ている。

「事務所や社長のためじゃないです——もちろん俺のためでもない」

かすかにうなずいた後、祭は言い添えた。

「それが真野さんのためになることだから、お願いしています」

「俺のため？　そんな気もねえのに神妙なツラして、腹とは違うことを言うのが、俺のためだと？」

「でも、それで真野さんの仕事が繋がります」

「んなことまでして、仕事なんかしたくねぇよ。ましてや、おまえの進言をありがたいなんて思うわけもないしな」

「俺をどう思ってくれようと、そんなのはどうでもいいです」

祭は言い募った。

「殴られても蹴られても、その後なら好きにしていいです……でも、会見は、会見だけはやって下さい」

「なんだよ。結局、あの女からの伝言を伝えにきただけじゃねえか」

真野にとっては、自分と違う意見は、ひとまとめにして同じ側に分類されるらしい。

おそらく、彼はずっとそうやって周りの圧力と戦ってきたのだろう。不器用すぎる男。

そんなことはこれまでの経緯でわかっていた。不本意なのも、それが真野をひどく傷つけ、惨めにさせるともわかっていた。

それでも、祭は真野から復帰のチャンスを取り上げたくはない。後で自分がどれほど憎まれることになろうと——いや、正直言ってそれは辛く耐えがたい想像だけれど——、真野にはあの現場に立ち続けてほしいのだ。さんざん迷った末、オファーを請けるよう依頼した。マネージャーとして、それが真野のためだと思った。初めての、真野との作品になるはずだ。

たとえ、それが完成した時には、自分がもう真野のそばにいないとしても。真野のためにできる限りのことは尽くした。そう思いたい気持ちがある。

祭は真野の傍らに目をやった。真野も気づいて、それをむこうへ押しやった。「メフィスト・ワルツ」の台本だ。よれて、タバコの灰で汚れた表紙と、真黒な書きこみで埋まった真野の明日への希望だ。

こんなにも真剣に、真野は芝居に取りくんでいる。サスペンスドラマの脇役だろうが、劇場公開されないDVDシネマだろうが手を抜いたことなどない。真野は嘘はつかなかった。

「——ふん」

こうなっても科白《セリフ》をチェックしたり、演技プランを練っていたり、そういうことを他人には決して知られたくない男だ。祭の注意を逸らすように、鼻を鳴らした。

「で、その会見とやらにギャラは出るのか」

「……え？」

「ギャラが出るんなら、やってもいいぜ。それは仕事ってことだからな」

「ギャラは……」

信じられないことだが、譲歩しようとしている？　……祭は頭の中で必死に答えを探した。この機を逃してはならない。

「……出ない、とは思います」

しかし、結局正直に言うしかなかった。

「はっ。じゃあそんなもんは請けねえよ」

「でも、事務所から出なくても、俺のポケットマネーでなら、なんとか――」

そっぽを向いた顔が戻ってきた。

「おまえ、給料いくらだよ。ポケットマネーって、まさか現物支給とか言う気じゃねえだろうな」

「それは、真野さんの希望で……たぶん、分割払いになると思いますが、それでよければ」

「ギャラを分割で……おまえ、ほんっとにおもしろいな」

と言いながら、真野はまったくおもしろくなさそうだった。

「――どうしても、請けてはいただけないんですか」

「何回言えばわかるんだよ。俺は、あんな糞《くそ》な連中に頭下げてまで、話題作だろうがカンヌで赤絨毯《あかじゅうたん》だろうが、そんなモンにしがみついていたくなんてねえよ」

「そうですか……」

一瞬見えかかった光明は、やはり幻だったようだ。

祭は唇を噛み、うつむいた。一秒で決意した。

「それでは、今日で俺は真野さんの前からいなくなります」

「――んあ？」

首を捻る真野と、正面から目を合わせ、

「短い間でしたが、今までお世話になりました」

さっきよりも深く低頭した。

「なに言ってんだ――おまえ、まさか」

真野はやや当惑したように言ったが、すぐにキッと眦《まなじり》を決すると、

「勝手にしろ」

と言い捨てた。


会見場には、白い布のかかった長テーブルがぽつりと置かれていた。椅子は、ホテル側の心遣いで提供されたスイートルームの備品だという。

テーブルに対面するように並べられたパイプ椅子を、続々と埋めていく取材陣を眺めながら、厭でも先日の制作発表を祭は思い出していた。

そう日にちも経っていないのに、あの時と較べると天国から地獄に連れてこられたみたいな隔《へだ》たりを感じてしまう。カメラの位置で揉めている新聞社のクルーも、テレビでなじみの芸能レポーターも、皆、真野を糾弾《きゅうだん》するために集まってきた連中だ。制作発表の日のような、好意的な色はなく、空気はぎすぎすしていた。

「――こないわね」

隣に立っていた蓉子が、ぼそりとつぶやいた。祭は時計を見た。会見は五時からとマスコミに通達してある。四時五十分過ぎ。夕方のニュース番組が各局いっせいにスタートする時間が迫っている。もちろん、トップニュースとして扱われるのを狙っての時間設定だった。

しかし、会見場はおろかホテルにも、真野が入ったという連絡はいまだない。エントランスには事務所のスタッフが詰めている。だが蓉子の携帯はいっこうに鳴らなかった。

会場を包んでいたざわめきが、次第に不穏なものに変わっていく。四時五十二分になった。番組と番組の間のジャンクションが流れる時間帯だ。どの局も、会見のことを伝えただろう。

これで、当の主役が現れませんでしたなんていう結末を迎えるわけにはいかなくなった。

「なにやってるの、真野」

蓉子がいらいらと爪先で床を叩いている。番組がはじまったらしく、あちこちでマイクを持ったレポーターが、会場の光景をバックに「昨日、一人息子が逮捕された俳優の真野奉一《まのほういち》さんの記者会見会場です」と同じことを喋っている。五時を過ぎた。真野は現れない。

「ちょっと、社長さん。どうなってんの」

最前列に陣取った、著名な芸能レポーターが、こちらに声をかけてきた。このあいだの制作発表の時は、祭たちは報道陣からは見えない陰に控えていたが、今日は入り口付近に並んでいる。なにかあれば事務所が変わって矢面に立つ。蓉子も腹を括《くく》っているのだ。

「すみません、車が混んでるようで」

蓉子がちらりと祭を見た。真野に辞意を伝えたと報告すると、「まさかそこまで」と絶句した社長だったが、真野が折れなかったことも知っている。祭に迎えにいけとは命じてこない。

ざわめきは今や、異常を嗅ぎつけての昂奮状態へと変化しつつある。五時十分を回った。空っぽの椅子。真野がこないことを、彼らはもうわかっていて、会見ではなくそれを真野がすっぽかしたことを報道する体勢に切り替えようとしている。異様な空気が虚しく盛り上がっていく。

「――しかたない。出るわ」

鳴らない携帯を祭に押しつけ、蓉子が背筋を伸ばした時、ふいに会場がしんとした。

祭は目を瞠った。黒いスーツ姿のずば抜けた長身が、開いたドアから入ってきて、テーブルに向かうのを、魔法にかかったような不思議な気持ちで眺める。椅子に着く前に、真野は報道陣に向かい深々と頭を下げた。

戸惑ったような静寂の後、いっせいにフラッシュが焚かれた。間近で聞くと、それはほとんど轟音だった。光の砲列のただ中にいる真野の影がそのたび明滅して、ますます現実感が遠のいていく。それこそ夢の中のテレビで、「記者会見」の模様を見ているみたいに。

ふっと魔法が解けた。幻覚でもなんでもない。真野が、役作りのために伸ばした髪をきっちり撫でつけ、髭をあたり、ついぞ目にしたことのない地味なネクタイまで締めてきたことが、深い水の中から浮かび上がった時みたいにじょじょにわかってくる。

祭はぎゅっと頰の内側の肉を嚙んだ。こんな場面で現場担当のマネージャーがはしゃいでいたなどと知られたら、不謹慎の誹《そし》りを免れまい。

だが、内心は躍りあがりたいような気分だった。自分の手柄だとは思わない。真野は自らの意志で、こうして会見場に現れたのだから。褒められるとしたら、それでも真野を信じたことに対してだろうか……映画の現場を、真野が捨てるはずがないと、最後にはそう言い聞かせ、祭はこの場に臨んでいる。そして、蓉子もまた。

視界にもう真野しか入らない。焦げつくような視線を真野に据え、「この度は、息子、力がご迷惑をおかけしましたことを、息子に代わりまして関係者の皆様、ならびにファンの皆様に深くお詫びいたします」という言葉を、小さな驚きをもって聞いた。

結果からいうと、真野は完璧な芝居をした。

二十分足らずの会見が終わる頃には、集まった報道陣はおおいに真野に同情し、共感し、最後には励ましさえしながら真野を送り出した。

そして、神妙な様子でうなだれながら会見場を後にし、用意されていた控室に入ったとたん、真野は、

「ああ、くそっ！　あのいまいましい女め」

がらりと声音まで変わっている。吐き捨てた後、髪をむしるようにしてぱっぱっと顔の周りに払うと「タバコ」と祭を見た。

「あ、はい。買ってきます」

廊下に出た祭の背中に、「あの、こないだのコロンボ女でしょ？」という蓉子のあいづちが聞こえてきた。

真野に同情する流れを堰《せ》き止めるかのように、「別れた奥さまに、今いちばんおっしゃりたいことは？」と的外れな質問を投げかけてきた女性週刊誌の記者である。内容は違えど、この前共演女優との仲を探ったのと、方向としては同じ質問だ。徹底した方針を貫いているなと、祭はおかしくなったくらいなのだが。

自動販売機でマルボロのメンソールを買い、戻った。真野は既にネクタイを外し、帰り支度をしている。

「せめてここ出るまでは、つけておいたほうがいいんじゃないですか」

封を切ったタバコを渡すと、「うるせえな」と一蹴《いっしゅう》された。

「上出来よ。本気で殊勝《しゅしょう》になられてたらどうしようって、思わず心配しちゃったほどよ」

蓉子は閉まったドアに舌を出した。

「どういう心配だよ。あら心を入れ替えたのねって喜ぶとこじゃねえか、そこは」

「ありえないことでは喜べないわ。でも、左草には絶対会見なんかしないってはねつけたんでしょ？　どういう風の吹きまわし？　いや、翻意《ほんい》してくれてこっちはありがたいけどさ。やっぱり左草が首を懸けたから？　ほだされちゃったか、あの真野奉一が」

安堵のあまりか、蓉子はやたらぺらぺら喋りたてる。

それにも、「うるせえババアだな」と悪態をつき、真野は一瞬意味ありげな目線をこちらに投げかけてきた。

「んな、ちょっといい話のわけねえだろ——ギャラだよ」

「は？」

ぽかんとする蓉子の前で、ひと口吸っただけのタバコを揉み消し、真野は祭の肩を掴んできた。

「あ、はい」

「帰るぞ」

祭は急いで、姿勢を正した。

「ちょっと、ギャラってなに？　ウチがあんたに払うって？　待ちなさいよ、そんな交渉してないでしょ……って、左草！　きみまさか——」

最後まで聞くことはできなかった。背中でドアがばたんと閉まる。真野は肩を掴んでいた手を離し、大股にホテルの裏手へ向かう。

あんな別れ方をしたことが心にひっかかって、祭は声がかけられない。ただ真野の後についいていくだけだ。なにごともなかったみたいでもあるし、まだちょっとわだかまりが残っているようにも感じる。そんなのは、自分の側だけなのか。真野が遠くて近い。

「あの、ギャラ……の件なんですが」

ようやく口を開いたのは、真野が乗ってきたジャガーの運転席におさまってからだった。イグニッションキーを回しながら、助手席を窺う。

「あ？」

さっそくタバコを咥えていた真野が、細めた流し目をくれた。

「おまえが自分で払うっつったんだろうが」

「いや、憶えてます、それは」

しかし、その交渉は決裂したはずだった。

それを思い直したというなら、やはり約束したものは払わなければならないだろう。嘘をついたつもりもない。先月の給与明細が脳裏にちらついた。

「……分割でってことも、受け入れていただいてますよね？」

だが、その点だけは気になって、念のため確認しておく。

「ああ。どんな形で払ってもらうかは決めてある」

「どんな形……？」

「いちいちびくつくな——おまえにしか払えないギャラだよ」

真野は、窓を開け外に灰を落とした。

「真野さん。だから、公共のマナーぐらいはまも」

「おまえが俺のそばにいることだ」

祭の注意を中断し、真野がふいに真顔になった。

「え――」

「おまえが、これからもずっと俺のそばにいる。それが、おまえが払う俺へのギャラだよ」

「そ……」

頭の中が混乱した。それはどういう意味なのか。どういう意味もなにも、この先もマネージャーとして仕えろということだ。いや、たったそれだけ？

「そ、そりゃ、そんなんでいいんだったら全然かまいませんけど」

「そんなん、じゃねえだろ」

真野は、祭の髪を引っ張った。

「おまえはもうちょっと、てめーの価値を知れ」

そのままぐいと引き寄せられた。唇が重なる。

「ん……」

舌がからまった。まだわけがわからない。自分の価値。これからもこんなふうに抱きしめられたり、キスをするだけでいいというのか。それは、まるで恋人になれと命じているみたいに聞こえる。そう思うと、にわかに頭の中がかっとした。タレントとマネージャー。いい関係、それだけではないなにか。さらに深くなりそうな抱擁《ほうよう》の兆《きざ》しに、あわてて真野の胸を押し戻す。

「なんだよ、いいところなのに」

「ダメですよ。道端で。誰かに覗かれでもしたら、とんでもないじゃないですか」

「俺はべつにかまわないぞ？　写真を撮られたら、また会見開いて、こいつとやりたくてやりたくてたまんなくて、車の中でもついサカってましたがなにか？　とでも言うさ」

「……無理です……」

なにが「無理」なのかは知らないが、祭は謹《つつし》んで拒否した。あらためて車をスタートさせる。運転中には、まさかちょっかいを出してくることもないだろう。


「見たわよ、真野さん。テレビ。男らしかったわあ」

マンションに戻り、真野に誘われてそのまま『みゆき』にいった。今日も和服の女将《おかみ》は、二人が掛けた卓に中瓶を運んでくるとすぱっと栓を抜く。

「はい、これは私からの奢《おご》り。お疲れさまでした」

「あ、ありがとうございます。なんかすみません」

「おまえはついでだろ。男らしかったのもお疲れなのも俺だ。感謝なら俺にしろ」

そう言いながらも、真野は女将の酌《しゃく》を受けた後、自ら祭のグラスにビールを注いでくれる。

「な、俺そんなかっこよかった？」

乾杯をした後、真野は女将に声をかけた。

「ええ。すごくきちんとしてたわよ？　やろうと思えばちゃんとできるんじゃないって」

「まるで、いつもはきちんとしてないみたいじゃねえか」

期待外れな返答だったのだろう。真野は、訊かなきゃよかったというていで黙りこむ。我慢できなくて、祭は思わず噴き出した。間髪入れず、向かいから頭をはたかれた。

「でもねえ、真野さんもちゃんとお父さんなんだなって、ほっとしたわ」

悪気はないのだろうが、女将の一言一言が、常日頃はそれと逆の感想をもって真野を見ていることを裏付けていくようだ。つまり、だらしなくて父性もないと。

「ま、世間なんてあんなもんだ」

睨んだ目のまま、しかし口調のほうはあきらめた様子で真野は述懐した。

「そうですね」

「そんな薄情な連中の前に引っ張り出されて、くだらねえ質問にいちいち頭下げながら答えて、俺じたいが容疑者みたいにバシャバシャ写真撮られて。誰かさんのおかげでよ」

「もうしわけありませんでした。真野さんがどうしても厭とおっしゃるなら、俺が考え直すべきでした」

「今さら謝られたってな。かいた恥は元には戻らねえよ」

仏頂面で不満を数え上げている真野が、実際には根に持ってなどいないのは帰路での様子を見ればわかる。

それでも恩着せがましく言うのは、ただの憎まれ口であり、英雄みたいに称えられるのなんてごめんなのだろう。

「でも、会見の時の真野さんは素敵でした、すごく」

「アホか。褒められたって、ギャラはまけないからな」

あんのじょう、途端にあわてふためいた顔で視線を泳がせる。

かわいい人だ。ふいにそう思った。そんなふうに思っていいのかはわからないが。かわいくて愛しい。

「ギャラは、保証します」

「――む、あたりまえだ」

グラスを握ったまま、やっぱり焦っていた。

一品料理が次々と運ばれてきて、ビールから冷酒に切り替えた。升《ます》に小さなグラスを置いて、升の縁いっぱいまでなみなみ注ぐのがこの店のやりかたらしい。

すすめられるまま祭も呑み、三杯目のお代わりをする頃にはずいぶん真野のことを知っていた。これまで知らなかった、生まれた頃から今にいたるまでの長い話を、真野はぽつぽつと語った。あまり裕福ではない家。呑んだくれの父親。そんな父親に見切りをつけ、真野を連れて離婚した母親は、夜の仕事でおぼえた酒に溺《おぼ》れ、なんのことはない、父親同様廃人になった。勉強嫌いで、地元の工業高校を一年も通わないままやめて上京したこと。住みこみで飲食店に勤めながら路上で弾き語りをしている時、声をかけてきた不良連中とバンドを結成した。ライブハウスに出て半年でスカウトされ、メジャーデビューしたが、しょせんは素人《しろうと》の寄せ集め、成功をおさめたとは言い難かった。真野だけが雑誌でモデルまがいの仕事をはじめると、メンバー間は目に見えてぎくしゃくし、結局二年で解散した。その頃同棲していた年上のスタイリストが妊娠し、入籍だけしてヒモみたいな生活をしばらく迷っていたが、彼女が出産で働けなくなったので、前から声をかけてくれていた事務所の人間に相談した。

それが古市剛《ふるいちごう》――真野を俳優としての成功へ導いた、寺木エンタープライズの腕ききマネージャーだった。

いきなり演技と言われても困る。できれば、バンド時代みたいなモデル仕事がしたいと希望する真野に、古市はこう言った。

『人生で、なにか一つくらいまともに勉強してみたらどうだ』

カチンときたが、古市の言うとおりだと思った。高校すらろくに出ていない真野は、台本の漢字もあまり読めなかった。素で「故郷にめんを飾る」と読んだら、リハーサル室は失笑の渦に包まれた。

あんな恥をかくのはもうごめんだ。手当たりしだいに本を読み漁《あさ》った。自動車整備工の役がつけば、車に関するあらゆる実用書や専門誌を集め読み耽《ふけ》った。戦争映画に兵隊役で出た時には、日清戦争の頃からの歴史書や解説本を頭に入れた。そんな真野には、鬼畜のような殺人犯から大学病院のエリート医師までさまざまな種類の役がきた。あいつに演《や》らせると面白い。演じ分けたつもりはないが、気がつけば数々の賞を獲得していた。海外の映画祭でも受賞した。もう誰も真野を、無教養なバンド上がりの俳優だなどとは言わなくなった。

「——それにあぐらをかいてたんだな、つまり」

升に残った酒をグラスに移し、真野はカウンターを振り返った。

女将が、新しい酒を注いでいる時、引き戸が開いて新客が入ってきた。三人連れのサラリーマンふうの男だ。あ、と一人が言った。

「真野奉一じゃないか。あんた今日、かっこよかったよ」

既に酒が入っているようだ。一人がへらへらしながら話しかけてくる。

「お、どうも。お父さんは、会社で見てくれたのか」

真野はいたって愛想よく応じる。

「外回りから戻る電車の中で、こいつでな」

男は携帯を胸ポケットから少しだけのぞかせた。

「がんばれよー」

「おう、がんばるぜ」

三人は口ぐちに真野を激励し、カウンター席に着いた。

「なんの話だっけ？　――ああ、そんでまあ、やたらとちやほやされるもんで、俺もだんだんいい気になってきてさ。根が馬鹿だから。現場じゃ王様みたいにふるまって、その実、プロデューサーやら監督やらのインテリどもが怖くてな。陰じゃ俺を馬鹿にしてんだろうって。ま、表で堂々と馬鹿にしたのもいたがな」

平原《ひらはら》のことだろうか。祭は思った。それとも水橋《みずはし》か。いや、水橋はただの野次馬だ。利害関係もない相手を煽って楽しんでいるだけの外野スタンドだ。

「――で、ますます暴君化して、鼻つまみ者になったってわけだ。それでもオヤジが生きていて、古さんが睨みをきかしてくれているうちはよかった。オヤジが死んで、古さんが定年になってからは、まああからさまに干されたってわけだ」

「オヤジっていうのは、今の社長の」

「ああ。実の親父。おネエちゃんも、腕がないわけじゃねえんだ。ただオヤジが凄すぎただけだ。おネエちゃんは、それでもずいぶん庇ってくれたけどな――」

真野は遠い目をした。

「いいんですか、そんなことここで喋っちゃって」

しんみりした空気を活気づけようと、祭はわざとからかうように真野を覗きこんだ。

「ここで喋ってって、どういう意味だよ」

「俺、蓉子社長にチクるかもしれませんよ？　ほんとうは、真野さんは社長を認めてるし、感謝もしてるって」

「言いたきゃ勝手になんでも言え」

しかし真野はあっさり言うと、新しいタバコに火をつける。

「俺はただ、俺のことを全部おまえに知っていてほしくて喋っただけだ。おまえの耳に入った話を、おまえがどう二次利用しようが自由だ」

「……」

「なに赤くなってんだよ」

うつむいた祭を、反対に真野がからかってきた。

「だって、なんで俺なんかにそんな……」

もう今ははっきりしている。真野が、自分を特別な相手と見ていることは。カン違いとか、そういうものではない。思いついては、打ち消してきたことが実は正しかった。つまり、祭がそう思うように、真野もまた祭を。

だが、どう考えても自分なんかが選ばれたのかがわからなかった。真野の気持ちがダイレクトに伝わるぶん、当惑が増す。

「なんで俺『なんか』なんだよ。言ったろ。てめーの価値をもっと知れって」

するとまた、頭をはたかれる。

「でも、その価値ってどの部分なのかが……考えてもわからなくて」

おろおろと言うと、真野はにやりとした。

「じゃあ、おまえの価値ってやつを教えてやろうか？　階上で」

あの淫蕩《いんとう》な笑みがその顔に浮かんでいる。

それだけで下腹部に血液が集まるのを感じた。頭の中が、また違う意味で熱くなっていく。


部屋に入るなり、真野は祭を抱きしめて唇を求めてきた。

自分の価値って、こういうことなのか。情熱的なキスに自分でも積極的に応えながら、そう考えた。だがそれはしっくりくる解答ではなかった。今までだって、真野は好きな時に祭の身体を自由にしてきた。べつに特別扱いなんかしなくても、これからもそうできる。そんなものとあらためて「価値」とは言わないだろう……。

そこまでは考えたが、舌をからめて吸い上げられると、頭の芯までそれに引っ張られたみたいに痺れて、難しい思考などは残らず飛んでしまう。

「あ――あの、真野さん、シャワーを……」

そのままソファに押し倒され、真野の指がシャツのボタンにかかる寸前、祭はかろうじて行為を寸断させた。

「は？　なに言ってんの」

「だから、今日はずいぶん冷や汗もかいたし」

「厭味か」

「じゃなくて、いろいろと……その、綺麗にしてから」

「厭だね」

「厭だね、って……あ」

　ふたたびのしかかってくる真野を、もう押し戻すことはできなかった。真野が本気になれば、祭の抵抗など砂粒よりはかない。ソファが軋み、真野はめんどうだとばかり床に場所を変える。せめてベッドで……と思ったが、それも一蹴されるのだろう。

「ん……あっ」

　口づけが首筋へ移行し、うなじを吸いながらあらためてボタンをひとつずつ外していく。ざらりとした感触。真野の手のひらが胸を這う。何度も弄《いじ》られて、敏感になった性感のスイッチが押される。びりびりと電流にでも触れたみたいに、身体がわなないた。

「……ふ」

　息をついだ。すぐに湿った感触を胸におぼえる。右手で左の乳首を捏《こ》ねながら、真野は右に吸いついてきた。舌で擦るようになぶられ、さっきよりもあからさまな嬌声《きょうせい》が洩れる。

全部教えこまれたのだ。男に愛撫されて、感じるようになるまで。後ろの孔《あな》でいくことなんて、真野が現れなければ知ることもなく終わった人生。

——そう思えば、どれほど自分にとって真野が意義ある存在だかを自覚する。

もし、こんな気持ちが真野の中にもあるとしたら……。

それが自分の「価値」なのだろうか。

「あ、あ、あっ……ん」

舌と指とで祭の官能を引き出しながら、真野は左手で器用にズボンの前をくつろげる。既に形を変えたものを、大きな手が包んだ。

「あっ」

幹を扱《しご》かれ、胸から下肢へ官能がつながった。

「や、や……あ……っ、で、出る」

「先に一回いっとけよ。おまえ、ありえないくらい感じまくってるぞ」

指摘した後、

「おっぱいレロレロされただけでな？　はなから感度はよかったが、こんなに成長するとは思わなかったぜ。いやらしい奴」

なぶるような挑発的な囁きが耳に吹きこまれる。

「そ……ちが、あ、あっ」

ついでのように孔をぺろりと舐める。真野のほうが、よほどいやらしい。

「いい声で啼《な》きすぎ。切なくなるから、やめろ」

「んな……っ、だ、って……あ、あ……」

なお股間を刺戟《しげき》された。やめろと命じられたところで、性感はコントロールできない。

いや、その道の熟達者になら可能なのかもしれないが、祭は同性間のセックスを知ってまだ何ヵ月にもならない。抱かれた回数はかなりのものだが、狡猾《こうかつ》すぎる真野はもともと祭の相手ではない。

「んっ」

ごくりと喉が鳴った。大量の唾液を呑み下す。

それでも射精感をやりすごした祭の身体を、真野が起こした。ソファに背中を凭《もた》せかけ、今度は丁寧にシャツを脱がせる。

露《あら》わになった身体を、祭はぼんやり見下ろした。薄い胸。こんな、丸みのない胸を、どうして真野はそこまで愛しいもののように愛撫するのだろう。

思っていたら、腰を上げさせられた。真野は下肢もゆっくり剝ぎ取っていく。いつもとはなにか違っている。性急に求めてきたかと思えば、焦らすように時間をかけて脱がせたり。

脱がせながら、露わになった箇所に次々と口づける。やはり、今までとは違う。

「ん……」

全裸になって、ふたたび真野の胸に引き寄せられた。キスしながら、祭は真野のボタンに手をかけた。

「……真野さんも脱いで」

見上げる、自分の目にもひどく淫靡な表情が表れているのだろう。

それを恥ずかしいと思う気持ちはなかった。それどころか、自分から挑発するような言動に及んでいる。

「ああ。おまえが脱がせろよ」

真野に誘われるように、祭も立ち上がった。ボタンを外す時は手が震える。女の子とのセックスで、いつもしていたことだ。もっと自然にできるはずが、がちがちに緊張している。露わになる、引きしまった胸板に、自分もキスしたいと思った。けれど、真野がそうするようには、真野を悦ばせることはできないかもしれない。

「――どうした？」

上半身だけ素肌を晒《さら》した格好で、真野が覗きこんでくる。

「な、なんか、震えちゃってて……」

正直に答えた。

「ばーか。そんなんで誘ってくるって、どんだけノープランなんだ――そんなんじゃ、悪い狼に食われちまうぞ」

「……。もう何回も食われてます」

真野は高らかに笑い、下肢は自分で脱いだ。剝き出しの身体を互いに擦りつけるようにして、床に倒れこんだ。

「は……あ」

重なってくる真野の下肢も、熱く滾《たぎ》っていて、羞恥《しゅうち》とも歓喜ともつかないものが身体を上下する。足を開かされた。腰が浮く。濡れた先端をひと掬《すく》いした指が、狭間を割る。

「……あっ」

ぬめった指で探られ、祭はぴくんと跳ねた。それはしばらく浅いところで蠢いている。

「やっぱり、これじゃきついな」

そこから先へはいかず、真野は指を抜いた。

「今、ローション取って」

離れていきそうになる身体に、祭は腕を絡ませた。

「や、このままきて」

「……おまえ」

「これでいいから、もう挿《い》れて……」

言った瞬間、自分を呪いたくなるような恥ずかしい科白《セリフ》。それを、なんの躊躇《ためら》いもなく言ってのけた自分は、まるで別人みたいだ。

「おまえを傷つけたいわけじゃないんだ」

だが真野は、どこか困ったふうに言う。その肩にしがみつき、祭は下半身を真野に擦りつけた。

「おいっ、まだ誘うか――」

言いかけ、「わかった」と言い直した。

「あ……」

大きく開いた両足の間を、真野が割ってくる。後孔に昂《たか》ぶりが押しつけられたかと思えば、一気に貫く。

「うあっ、あ――っ」

苦痛に、祭は悲鳴を上げた。けれど、自分がそれを欲しがっていたこともわかった。はじめて身体を開かれた時の記憶が蘇ってくる。あの時感じた痛みもいっしょに撃ちこまれることで、真野をこの身体によりしっかりと刻みつけたかったのだと。

「く……」

「祭、祭――」

そして愛おしげに自分の名を呼びながら揺さぶる男は、自分の恋人なのだ。

ようやくそれを確信した。切り裂かれそうな苦痛の中から、深い愛情が滲んでくる。

このまま果ててしまってもいい。そう思い、ふっと意識がとぎれた。

気がつくと、ベッドにいた。祭は闇の中に目をひらく。

ああ――。

無理な挿入をせがんだことにより、痛くて気を失った。まぬけな自分が蘇り、ちょっと苦笑した。

今その箇所は、温かく濡れていて、誰かの指が出入りしている。労《いた》わるような動きで、中に放った精液を掻き出そうとしているようだった。

「あ、真野さん……」

後ろから抱きしめた真野の身体が、背中にぴったり密着しているのだ。

「おまえが締めつけすぎるから、我慢できなかったじゃねえか……」

温かい声に、泣いてしまいそうになる。

「中でいくのなんて、べつに初めてじゃ……」

言ったとたん、背後から回された指が鼻をきゅっと摘まんだ。

「む……」

「逆らうなよ？」

脅すように言う。

「頭にきて、もっとひどいことをしちまいそうだから」

どろりとしたものが、内股を伝っていく。みじろぎする気配があって、真野の残滓《ざんし》を掻きだしたところにローションが垂らされた。ひどいことなどしそうにない、優しい動きで奥に塗りこめていく。冷やりとした感触。腿《もも》にまた固くなったものが押し当てられる。

「あ、あ、まのさ、真野さん」

祭はあわてた。

「なんだよ」

「明日、五時半集合です」

これでは朝までコースになってしまう。釘を差したが、

「それとこれとは、関係ねえよ」

猛《たけ》りが、ゆっくりと後孔を割ってきた。

感じやすくなっている蕾が、また収縮して祭はため息をつく。く、と真野が呻いた。

「おまえはほんとうに、言ってることと身体に落差があるよな……」

「んな――っ」

真野が悦《よ》くするから、そうなるのだ。祭の中心も反応する。と、胸を這い降りた手がそこを柔らかく包んだ。

「あふ、そ、そんな……っ」

前と後ろを、同時に責められた。祭はのけ反り、真野の鎖骨に後頭部を擦りつける。

「な、大切にするから――」

「ああ……」

繋がったところから、ぐずぐずに蕩けてしまいそうな気がした。どこからどこまでが自分で、どこからが真野の身体なのかもわからない。自分が真野の中に挿入《はい》っているような錯覚さえ起こす。このたまらない感じは、誰のものなのか――。

どちらのものでもあるのだろう。急速に官能を昂ぶらせながら、祭はそう思った。挿れる者と挿れられている者の間には、実はそんなに違いはない。相手により与えられるこの快美感は、二人のものなのだ。それが、一つになるということだ。

今まで知っていたセックスなんて、単なる行為にすぎない。そのことが、よくわかった。

# 6

「カット」の声がかかると、張りつめていたセットの空気がふと弛んだ。

「それじゃ休憩に入りまーす。集合は二時でお願いします」

助監督の指示を耳に入れながら、祭《まつり》はなおセットの中に佇んでいる真野《まの》に近づいた。

と、それより早く夏海碧《なつみみどり》が真野に声をかけた。

「真野さん、バレ飯だそうなので、私の行きつけのお蕎麦屋《そばや》さんご一緒しませんか」

「ん？ あ、ああ」

なにごとか考えこんでいたらしい真野は、はじめて共演者の存在に気づいたように顔を上げた。その視線が、祭のほうを向く。

「――いや。俺はこいつに弁当買ってきてもらうから」

バレ飯とは、支給される弁当ではなく、各自で好きなようにとるようにという自由な食事のことである。

「あ、そうなんですね。じゃ、お先に」

快活に言い、すぐ引き下がったが、真野に背を向けてセットから出ていく顔には傷ついたような表情が浮かんでいた。

「……いいんですか?」

コンビニで買ってきた、なんの変哲もない鮭弁を楽屋で広げながら、祭は気になっていたことを訊ねた。ん? と、真野。和服の衣装の羽織だけを脱いで、祭が着せかけたカーディガンを背中にひっかけた姿は、祭の目には新鮮だった。着物も似合うな、とあらためて思う。

「夏海さんのこと。いつも断わってないで、一回ぐらいご飯に……いや、変な意味じゃなくて。もちろん、皆さんでってことですけど」

「おまえもよくよく変わってるな。まあ知ってたけど」

すると真野は、冷やかすような笑みを浮かべた。

「彼女には近づけるなって、おネエちゃんから厳命受けてんじゃなかったっけ? 社長命令をマネージャーが率先して破るとは」

「いや、だから。二人きりでいけとは言ってませんよ」

「べつにあの子に興味ねえもん」

弁明を軽く突き飛ばして、真野は嫌いな煮豆を祭の弁当にぽいぽいと移す。

そうしながら、

「こんなにけなげに俺に尽くしてくれる祭ちゃんがいるのに、なんで他の奴に興味もたなきゃなんないわけ？」

するりと放たれた殺し文句に、祭は思わずうつむいた。和服のせいか、いつもより表情が柔らかい。体重を絞って痩せたはずなのに、刺々《とげとげ》しさがぜんぜんなくて優しい。

「尽くすって……ただ弁当買ってきただけじゃないですか」

「他のこともいろいろだよ」

もちろん、そんなことはわかっている。耳の後ろが祭に無断で火照《ほて》っているだけだ。

最初の印象は、もうずいぶん遠くへいってしまっていた。たしかに真野はモテる。周囲の人間を惹きつけずにはおかない魔性みたいな引力がある。

だからといって、「稀代《きたい》のプレイボーイ」なんて呼ばれる筋合いはないと思う。それはマスコミが一方的に作り上げたイメージであり、実際には相手が勝手に真野に惚れるだけのことだ。あのＤＶＤシネマで共演したグラビア出身の女優も、色のある目で真野を見つめていた。

だが、連絡先を記したメモを、真野はゴミ扱いで捨てたし、今回の現場でもむしろ積極的に真野にアプローチをしかけてくるのは接近禁止の夏海碧のほうだ。どちらにも、真野は関心すら払っていない様子である。

それが、ひとえに自分の存在のためだなんておこがましいことは考えないが、軽口にでもそう言われれば胸はときめく。マネージャーという立場を忘れそうになる。

それはいいとして、あまりに共演者からの誘いを退けてばかりでも、それはそれで現場の空

気を損ねることになりはしないかと危ぶんだのだったが、

「空気はもともと悪いだろ、あの糞《くそ》ワンマン野郎のおかげでさ」

真野は眉間をせばめて吐き捨てた。

「そう言わないで下さいよ。平原《ひらはら》さんだって、いい作品にしたいから必死なんだろうし」

祭は言ったが、たしかに平原耕造《ひらはらこうぞう》の専横ぶりには驚かされていた。

完璧主義といえばいいふうにも聞こえるものの、ちょっとした所作のひとつにですら、役者の意志を反映させることを認めない。夏海碧が、主演の武井純哉《たけいじゅんや》に駆け寄る、その歩幅をおもむろにメジャーで測り出したのには目を疑った。平原組と呼ばれる昔からのスタッフですら、苦笑している。「病膏肓《やまいこうこう》に入《い》る、だよ」、後でベテランのカメラマンが耳打ちしてきた。

馴れているはずの彼らにしてからが、年々気難しくなっていると認める平原のそんな独裁が、出演者を疲労困憊《こんぱい》させているのは言うまでもない。ことに、真野には根本的な、脚本に対する不満がある。

「くれぐれも、衝突しないで下さいよ?」

真野の眸《ひとみ》に浮かんだ、不吉な色に祭はそう釘を差した。真野はちらりとこちらを見、手を伸ばしてくる。

「いけません。仕事場ですよ」

祭はするりと身を躱《かわ》した。真野は舌打ちをくれたものの、手はひっこめた。

「大切にする」と誓った言葉通り、真野は撮影で不満なできごとがあっても、前のように祭をそのはけ口にすることはなくなった。セックスの回数は減っている。昨日はマンションのドアまで送ったけれど、長いキスを交わしただけでそのまま帰された。

その代わり、キスの回数は各段に増えた。今日も朝、迎えにいってから現場入りするまで、信号待ちのたびにキスをせがまれた。「現場に着いたら、もうしませんから」と言い渡したが、真野の、欲望に濡れたようなまなざしを受けると下半身がぞくぞくしてしまう。愛情がなくても身体をつなげることは簡単だが、キスはほんとうに好きな相手としかできない。真野の思いが心にも身体にも沁みいってくるようだ。

二時過ぎに、撮影が再開された。セットの部屋の中で、真野と武井が対峙《たいじ》する。

「メフィスト・ワルツ」は、平原が書き下ろしたオリジナルで、地方の旧家を舞台に繰り広げられる、義理の家族のどろどろした愛憎劇である。

武井純哉演じる、純真で正義感の強い次男を、義父である真野が追い詰め、堕落させていく。酒色におぼれた次男は、遂に実の兄である長男を手にかける……。

悪魔に魅入られた青年の転落劇であり、義父役には相当な技量が求められる。殺人鬼から気弱なインテリまで演じ分けられる真野を、ここに配したのはさすがだと思う。大学の准教授という知的職業に就き、表面上は至って穏やかな善人にしか見えない男。裏の顔を剝き出しにするような烈《はげ》しい場面はなく、最後まで理性的な人物として描かれた脚本を、祭は単純に面白いと感じたし、淡々と演じつつ、時おり悪魔的な一面をちらりと覗かせる真野の芝居は、まさに脚本を完璧に理解している証拠だと思う。

だが、ここで遂に、真野の不満が爆発した。

きっかけは、平原が科白《セリフ》を途中で中断させ、無造作にNGを出したことだった。

「なんか芝居が小さいんだよな。細かすぎるっていうか。直彦《なおひこ》の目的は、諒《りょう》に秀一《しゅういち》を殺させることなんだから、その野望以外の細かい心情なんて要らないんだよ」

容赦のないダメ出しを聞いて、祭は冷や冷やしながらも内心首を傾げた。真野演じる直彦が、そんなに単純な人間だとは、脚本を読んだ限り考えられなかったのだが。

あんのじょう、真野はキッと面《おもて》を上げた。役作りのため体重を六キロも落としたぶんだけ削げた頬が歪む。

「あんた、てめーで書いたホンの内容、忘れてんじゃねえの」

いきなりの切り口上。シャープさを増した容貌で、いまだ役そのままに不吉な気配を漂わせた真野が発したから、いっそうその言葉は効果的だった。

「なにを言っている。俺のホンは完璧だ、きみが読み違えているだけだ」

平原の白皙《はくせき》の面《おもて》が、ますます青みを増している。怒りに震える声が、静まり返った現場にびんびん響く。

「はっ、なにが完璧だ。ぜんぜんつながってねえじゃねえか。直彦は、うまい言葉で他人を躍らせて、落としこむことに快感をおぼえる男なんだろ。そこに意味や目的なんかなくってな。それがいきなり、北見《きたみ》家の財産を手に入れようとして目障りな息子二人をいっぺんに片付けるって、なんだよ。おかしいだろうが。そんな野望なんてねえほうがよっぽど怖いだろ、こいつのやってること」

真野は負けていない。祭ははっとした。そういえば、その二点には矛盾がある。一度読んだきりでは気づかなかったが……。

ただ強烈なサディストである義父が、義理の息子を唆《そそのか》して破滅へと導く、そんな話だと理解していた。

「だいたいな、あんたは前からそうだ。京大出だかインテリだかなんだか知らねえがよ、頭ん中だけでキャラや話を作ってるから破綻《はたん》すんだよ」

「き、きさま……」

まずいと思った。平原の、握りしめた拳《こぶし》が震えている。真野も言い過ぎだ。このままでは、今日の撮影は中止になりかねない。

「監督、ここで揉めてもしょうがないじゃないですか。ホンの矛盾点は後で——」

見かねた撮影監督が、割って入った。

だがその言い方もまたまずかった。平原はさっと振り返った。

「おまえ！　おまえも俺のホンに問題あるって言いたいのか！」

相手は押し黙り、厭な空気はますます剣呑《けんのん》さを募《つの》らせていく。

「――頭でっかちで悪かったな」

平原は真野に向き直った。

「あいにく、きさまの頭のように空っぽじゃないんでな。得手勝手なことばっかりやりやがって。それとも、リアルでも息子が犯罪者なもんで、義理とはいえ息子を犯罪に駆りたてる役は気に食わないか」

「かっ監督！」

若い助手が、悲鳴を上げた。祭は啞然と、悪態《あくたい》をつく平原を眺めていた。いや、厭味な男だと知ってはいたが、言っていいことと悪いことの区別もつかないとは。

そう思った時、突然ガツッと鋭い音が響いた。

「あーあー……」

真野が蹴りつけた、セットの階段の一部が壊れている。誰かが気の抜けた声を発し、固唾《かたず》を吞んでこの場を見守っていた全員がため息をついたようだった。向かい合う武井は絶句し、セットの反対側で撮影を見学していた夏海碧が、両手で口を押さえている。

「すみません！　真野さん、いくらなんでもセットを壊すってないでしょうが！」

祭は弾かれたように飛び出した。セットに踏みこみ、真野の腕を摑む。耳元で「謝って下さい」と囁いたが、真野は微動だにしない。

「——中止だ中止！　今日は撤収！」

平原がいらいらと叫び、真っ先に現場を離れた。暴君が退場しても、雰囲気はぎくしゃくしたままだった。


ステアリングを握りながら、祭は助手席に視線を滑らせた。真野は祭からなるたけ離れるようにして、サイドウィンドウに身を預けている。終始無言で、軽口も、キスをしかけてくることもない。

撮影が中断し、各自が帰路につく。明日から現場はどうなるのか。考えてもしかたのないことだが、気がもめる。

だが、真野だけを責めるのも違うとわかっていた。平原の、悪意まみれの罵倒《ばとう》を浴びて、セットを破壊しただけですんだことに正直、ほっとしているぐらいだ。

それでも、機材担当のスタッフが落胆しているのを見れば、やはり謝らなければならないのではないかと思う。どう言えばいいのか。窘《たしな》めるべきなのか。祭の中にもまだ迷いがあって、適切な言葉が出てこない。

こんな時に限って車も混まず、すぐに月島《つきしま》のマンションが見えてきた。駐車場に車を入れるや、真野は黙りこんだままシートベルトを外し、さっさと降りていく。

のみならず、後を追った祭を振り返ると、

「今日はもう帰れ」

初めて口を開いた。

「え……」

こんな日なのだ。はけ口を求められれば応じる……いや、力のことをあてこすられ、内心傷ついているであろうことを思えば、むしろ積極的に真野のそばにいたかった。抱きしめて、温めてやりたい。あらゆるところにキスをして、慰めたい。肉体だけでも充足を感じてほしいから。そうすれば、こんな最低な日も少しはましに閉じることができる。

だが、真野はくるりと踵《きびす》を返す。

「――もうおまえには、ひどいことしたくないからな」

離れていく背中を、茫然と祭は見送った。

秋も深まっていて、コートの背中を夜風がびゅうと叩いていく。

欲しかったのは、自分のほうだと気がついた。抱かれたかったのだ、今すぐにも。

真野に払っているはずの「ギャラ」を、自分も真野から受けとっている。なら、支払いは永遠に終わらないのではないか。

翌朝迎えにいくと、真野の部屋はもぬけの殻だった。

最近は片付いているほうのリビングも、ベッドルームにも、カビだらけのパンが一枚だけぶら下がったキッチンにも。

「真野さん……？」

それでもそんなことは考えたくなくて、祭はベランダにまで出てみたけれど、真野はいなかった。どこにも。

リビングの真ん中に佇み、祭はモッズコートの胸ポケットから携帯を取り出した。真野の番号を呼び出す。

と、発信ボタンを押してまもなく、すぐそばで着信音が響いた。はっとしてよく見ると、テーブルに重ねた雑誌の下で鳴っている携帯が半分見えている。引っ張り出す。間違いなく真野のものだった。

これで、真野につながる線はすべて断ち切られた。不安が祭を包む。自分がどこに立っているのかすらわからなくなっていくような心もとなさ。

——それでも、なにもせず手をこまねいているのは厭だった。

蓉子に報告しかけ、祭は思い直して携帯をぱたりと閉じた。ここにいないのなら、他のどこかにいる。探せるだけは、探してみよう。

セット入りの時間まで、祭は真野の姿を探して都内を駆けずり回った。

しかし、大の男が本気で隠れようと思えば、ものの数時間で見つけ出すことなど叶わない。東京は、そういう街だ。

結局時間切れになり、やむなく祭は一人で現場に向かった。

だが、ほんの僅か懸《か》けていた希望もはかなく立ち消える。真野が先に入っているなんていう現実は訪れなかった。

最初は、急に体調を崩しまして、と言いぬけるつもりだった。

嘘をつくのはたやすいことだ。でも、真野が捕まらない限りは口裏を合わせておくこともできず、もし本人がなにごともなかったかのように遅れてこの場に現れたりしたら、マネージャーともども仕事仲間を欺いたことになる。

そう思うと、正直に話すよりほかはなさそうだった。

平原はすっかり臍《へそ》を曲げ、平謝りに謝る祭を冷ややかに一瞥《いちべつ》した。

『タレントがタレントなら、マネージャーもマネージャーだ。今じゃ落ちぶれたくせに、まだスター気どりのわがまま俳優一人、唆《そその》して連れてくることもできないのか。だいたい、あんな放牧された暴れ馬みたいな男に新人をつけるなんて、おおかた寺木蓉子《てらきようこ》も真野なんか見限ったんだろうよ』

――というのが、平原の「ささやかな苦情」のおおまかな内容だった。

# 7

それから三日もの間、真野《まの》は現場にもマンションにも姿を現さなかった。

情けなさと屈辱を抱え、祭《まつり》はそれでも月島《つきしま》に向かう。真野の「失踪《しっそう》」がばれて、会社で蓉子《ようこ》からこってりしぼられた後。

駐車場にジャガーを放りこみ、マンションのあるほうを仰ぐ。

また今日も、あの空っぽの部屋を見て落胆したり、虚《うつ》ろな気分を味わうのは厭だ。

だが、それでもいちおう足を運ばずにはいられなかった。少しでも可能性が残っている限り
――そこに真野がとほうにくれた様子でぽつんと坐っているかもしれないと思える限りは、いかなければならないと思った。

が、数歩もいかないうちに後ろで足音が聞こえた。

はっとして振り返る。

「真野さん……」

「よう」

真野は、家にいる時そのままの、トレーニングウエアの上下に祭と似たようなコートをひっかけていた。

まるで、ちょっとそこの自販機までタバコを買いに出た、といった気軽さ。

だがその自販機は、いったいどこにあるのだ。隣県か。もっと離れた地方か。

「よう、じゃないでしょう」

ちょっと照れくさそうな、こちらを窺うような顔で真野が見ていたから、祭はついつい声を荒らげた。

「四日も仕事すっぽかして、なにやってんですか。そりゃ、平原《ひらはら》さんはひどい。真野さんが怒るのも無理ないです。でも、だからって、現場放棄するなんて。見損ないましたよ。二時間サスペンスの死体役だろうが手抜きはしないなんて、どの口が言えるんだか――」

「……つまり、すごく怒ってるんだな？」

くどくどと文句を並べたてる祭を、真野は上目遣《うわめづか》いに窺《うかが》ってきた。見下ろしているのに上目遣いなんて、どういう人誑《ひとたら》しのテクニックなんだか。腹立ちのままにそう思う。

「なあ、だって、どうしても仕事にいく気になれなかったんだよ」

すたすたマンションに向かう祭に、後ろからまとわりつくようにして真野がいいわけをしてくる。いつもは後からついていくだけの自分に、逆に真野が追いすがる。

それも情けなかった。自分みたいなぺーぺーに媚《こび》を売るほどプライドを失っているなら、平原と折り合うなんて簡単なことではないか。

「なあなあ、なんか言えよ、ねえ祭ちゃん」

それでも追いかけてくる男を振り返った。

「――だいたい、真野さんは自分の現状を把握してなさすぎです」

気持ちはわかるし、真野ではなく平原のほうが正しいなんて一秒たりとも思ったことはない。だが口を開けば、責める文句ばかりが飛び出した。

「あんな燃費《ねんぴ》の悪い、派手な車なんか乗り回して……四十男が乗る車じゃないでしょうが。そんなに見栄《みえ》を張りたいんですか」

真野は、目をしばたたかせながらこちらを見ている。子どもみたいに。かわいい男。やっぱりそう思った。どうしてそんな、曇りのない目でこんなしょうもない俺なんかを見られるんだ。

「……まあ、そんなのはどうでもいいです」

悪びれた様子をいつまでも見ていたら、どうせ許してしまう自分がいることはわかっていた。きつい言葉を投げつけて、真野が反省すればいいと思ったわけではない……決してそうではなかった。

ただ自分は、無力な自分が疎《うと》ましい。それだけなのだ。平原の言うとおりだ。真野一人、マネージャーとして回していけない自分の非力さが情けないのだ。仕事に穴をあけられた時に、頭を下げるしかないことが。もどかしい。

「——悪かった。祭ちゃんには、きっとさんざんな思いをさせたな」

マンションへ戻り、リビングで向かい合うと、真野はあらためて低頭した。

「いえ……俺もちょっと、言いすぎました」

「だな。祭ちゃんが前に、自分は腹黒いっつってたの、意味わかった。怒らすと怖い奴だったんだ」

こんな場合だというのに、真野は嬉しそうに言う。新たな一面発見！　という話なのだろうか。ことは、仕事をさぼったという重大な局面なのだ。

それでも、自分は言いすぎたし、真野から機嫌をとられるのも居心地が悪い。

「俺は、真野さんを信じてたし、芝居に入ればすごい人だから、そういう面では尊敬してたんです。……どんな役でも、もらった役は自分のものにして、期待された以上の結果を出して。でも、今回の脚本に穴があるとは思わなかった。真野さんが、それに気づいて一人で悩んでいたというのは……俺にそのことを言ってもらえなかったのは、俺がいたらないせいで」

「祭ちゃん、それは違う」

真野は否定したが、だけと、と祭はそれを封じた。

「正直、古市《ふるいち》さんや蓉子社長だったら、せめて原口《はらぐち》さんだったら……真野さんは気やすく、このホンちょっとおかしいんだよななんて言って、あの方たちなら、きっと平原さんをそれほど怒らせずに脚本の変更まで持っていけた」

「違うだろ」

祭の言葉を、真野は静かに否定した。

本音をあらいざらいぶちまけた後で、祭にはもう言うことは残っていない。

「あのさ、そんな、『もし、何々だったら』みたいなことって、言ってもしょうがねえんだよ」

さっきまでとは逆に、上目に真野を見る祭に、あやすような笑顔を向ける。

「実際には、そういう未来はなかったわけだし。やり直せるんなら、俺だってちやほやされて傲慢《ごうまん》になる以前の自分に戻るさ。そしたら、落ちぶれることもなかっただろうしな——でも、そんな都合のいい話なんて現実にはない。俺を今、支えてくれてるのはおまえで——仮定の話でいいんなら、他の奴だったら俺はもっともっとダメになってただろう。自分が変わらなきゃいけないとも思わなかったし、内田にしたのと同じように、誰がきたってさんざんな目に遭わせてたろうさ。でも実際に現れたのは祭ちゃんで、俺が祭ちゃんに惚れたから、こんないい話もきたし、俺も平原なんかにも我慢できる……まあ、あの時までは、だけど」

こんな場合だというのに穏やかな笑顔だった。穏やかすぎて、却って昨日までどれだけのストレスを真野が溜めこんでいたかがわかる。

「……でも、真野さんがおかしいって思ってること、気づけなかったのは俺がこんな奴だからです……」

それでも、真野の気遣《きづか》いに甘えてばかりではいられなかった。

「いや、だから」

「そうですよね。言ってもしょうがないことですよね——だから、明日からはちゃんと真面目に仕事して下さい。脚本のことは、俺から平原さんに交渉してみます。っていったって、今の俺にできるせいいっぱいのことしかできないです。でも真野さんは、できればよけいなことを考えないで演技だけに集中して——俺に期待とか、あんまりしないでほしいですけど、言いたいことがあるんなら、とりあえず俺にぶつけてくれればいいんで。先に期待するなって言っといて、なんなんですけど」

「ああ。わかった。そうする」

「……問題を起こさないでいてくれるなら、俺はそれでいいんです」

「わかった。集中するよ。——で？」

真野の目を見ていると、もしかするとこれまで言ってきたことなんか、ほんとうは言う必要もなかったのではないかと思えてくる。最初の頃とはぜんぜん違う。無体なことも言ってこなければ、ごねたりもしない。真野はなにも自分には隠していない。

そう思うと、胸の奥がむずむずした。

「で……。他に言うことはもうないんで……キスしましょうか？」

欲望のままに真野を見上げ、口許に笑みを刻んだ。

真野も微笑《ほほえ》み、顔を近づけてくる。

が、寸前でとどまり、額をこつんとぶつけた。

「俺に合わせて、そう言ってる？　俺がそんなにやりたそうだからか」

至近距離から突き射す、嘘のない目。

「いえ……俺がしたいから言ってます。キスと……その先も」

祭は目を伏せた。

「すごい誘い文句だ。もろにココ、撃ちぬかれた」

真野はくっつけていた額を離し、左胸を両手で押さえてみせた。

「真野さん」

からかわないで下さい。抗議したが、

「じゃ、仲直り」

相手は笑って、ひょいと祭を担ぎ上げた。


翌朝、祭は真野を伴って時間通りにセット入りした。

武井《たけい》純哉《じゅんや》をはじめ、キャストたちは微妙な笑顔で真野を迎えたが、夏海《なつみ》碧《みどり》は腕にすがらんばかりにしてはしゃいだ。

それには少なからずむっとしたが、なによりもまず向かわなければならない先がある。

「――きみか」

「この四日間、大変ご迷惑をおかけしました！」

ディレクターズチェアにふんぞり返った平原に、必死に頭を下げる。この男がどんな人間だろうが、現場を左右するのが彼の一存だという事実は変わらない。

「迷惑なんてもんじゃないし、だいたいそう思うんなら、どうして本人が僕に直接、謝罪しにこないのかなぁ？」

「そ――それは」

厭味ったらしい言葉つきに、祭は言葉を失う。

そうしたいのはやまやまだったが、諍《いさか》いはたった五日前のできごとだ。真野に投げつけられた、心ない言葉での生傷も乾いてはいない。

それでも、「直接謝れ」と要求するのか……真野は祭には折れたものの、平原にはなお根深い不信感を持っている。それを、まさかわからない平原でもあるまい。

そんな非難が伝わったというのでもないのだろうが、平原は次にはにっと笑った。

「――なんてこと、俺がいまさら言うと思う？」

「え……？」

「厄介なのも取り扱い注意なことも、わかっている。それでも、あの役をやれるのは真野しかいない。だからキャスティングした……真野奉一《まのほういち》を使ったことのある人間で、二度と仕事をしたくないと思う者は多いだろうが、そんなのはきみ、ただの敗残者だよ。真野一人扱えない、大馬鹿者さ。俺に言わせればね」

「はい」

意外な言葉に、胸の氷が溶けていく。

「まあ、ひさびさに仕事してみて——やっぱり扱いにくいとは思うよ」

平原は、また渋面を作ってみせた。

「もうしわけありません」

「いや、だからそれは、きみのせいでもなんでもなくて……真野という男の内面にある、たとえばきみにもわかっていない、ぎざぎざした屈折のせいさ」

「は……」

「そんなことはわかっていて、真野を指名した。むろん、周囲は反対したけどね。真野でなければ、『メフィスト・ワルツ』は成立しない——あいつに断わられれば、この企画は白紙に戻すつもりだった」

「平原さん、それは」

彼にとっても、悪評を吹き飛ばすための、捲《けん》土重《どちょう》来《らい》の場なはずだ。気難しい性格が災いして、長らく映画界を干されている。

そんな平原が、一か八かの賭けとして真野を指名した。外せば、ますます己《おのれ》の世評が下がるだけ、そんな危うい勝負に、真野を伴ったというのか。

「甘く見ないでほしいね」

平原は、いかにも彼らしい不遜《ふそん》な笑顔になった。

「昨日や今日のつきあいじゃないんだ——そこいらへんのぽっと出といっしょにしてもらっちゃ困る」

それは、「昨日や今日に」真野を使いはじめたDVDシネマのスタッフなのか、それとも担当についたばかりのマネージャー、つまり自分に対する皮肉なのかは、わからなかった。

しかし、狷介《けんかい》な平原だが真野の才質を見抜き、認めているのはよく伝わった。

結局、あの二人は似たもの同士かもしれないなどとも思った。どちらも、不器用すぎて世界を狭くしている。

今日からは、心を新たに仕事に打ちこもう。真野がいまだ毛嫌いしている平原の本質もじゅんじゅんに説いて。

まっさらな一日がはじまる。


だが、浮かれていられたのはその一日だけだった。

いや、その日だって、現場に流れる空気の変化には気づいていたのだ。

誰かが、目立った形で、真野がしたように平原に盾ついたわけではない。

皆、二人に気を遣うかのように、従順だった。シナリオは結局変更されず、真野の言ったことを誰もが知っている状態で、矛盾を孕んだまま撮影が淡々と進んでいく。

だが、それを平原にぶつける者はいない。主演の武井《たけい》も、二人の間に揺さぶりをかける役どころの夏海も、割りふられた科白を機械的にこなしているようだった。

あんなことがあっても、真野は現場に戻ったのだ。

もっと、平原に意見する者が出てきてもいい。

脚本に欠陥があると指摘した真野に、祭は同調している。ならば、どうにかして脚本のミスを正さなければならない。

しかし、それができる雰囲気ではなかった。誰もが委縮《いしゅく》しているのがわかる。

こういうものなのだろうか。有名監督の現場というのは。

今までには触れたことのない空気だった。

これならまだ、小松崎《こまつざき》宏《ひろし》の小爆発のほうがましだった——同じ専横をゴリ押す監督とはいっても、小松崎のほうがよほど小粒で、合わせやすい。

皆がそう思い、やりすごそうとしているのなら、それは現場としては最低ということになるのではないか。

平原だけがただ、やたらとテンションを上げている。

揉めた直後だからだと、そう思おうとしていたが、翌日も現場は澱《よど》んでいた。

真野もおそらく、気づいている。ただ、顔や言葉では表さないだけで。

やりにくい環境に、真野を置くのは厭だ。衣装合わせをする真野を眺めながら、祭は腰を上げた。

「——おはようございます」

まずはスタッフルームのドアを叩いた。個室を与えられている平原と、装置や照明技術といった、今セットをチェックしているスタッフを除くメンバーが、タバコをふかしたり、雑談したりと思い思いに過ごしている部屋だ。

祭が声をかけると、一瞬ざわめきが止んだ。全員がこちらを一瞥《いちべつ》し、祭はその一人一人の顔を見ながら丁寧に一揖《いちゆう》した。

面《おもて》を上げると、彼らは石化したみたいに、ドアを開けた時と寸分変わらぬ体勢でいた。

「あの——」

「そんでさ、青木ちゃんが言ったわけよ、『マナちゃんが結婚してくれないんだったら、俺こっから飛び下りちゃう！』……こっからって、店、二階だよ？　勝手にしろって」

祭を無視して、さっきまでしていたらしい話の続きをはじめたのは、真野にセットを壊された美術班の助手だった。話しかけられた相手は、ちらを祭を見たが、すぐに向き直ってしまった。

それをしおに、ふたたび部屋は雑然とした空気を取り戻す。それぞれが、自分のしていたことを再開する。ある者はわざとらしく立ち上がって体操をはじめたり、新しいタバコを取り出して火をつけたり。

中には、気の毒そうな顔でこちらを窺《うかが》うスタッフもいた。だが祭に特に声をかけてくるでもなく、視線を逸らす。

まるで祭など最初からいなかったもののような扱いに、腹の底が熱くなったが、

「今日もよろしくお願いします！」

あえて声を張り上げ、祭はもう一度頭を下げてドアを閉めた。と同時に、ドアの向こうで笑い声が聞こえたような気がした——たぶん気のせいだろう。笑うというより嗤《わら》う、といったニュアンスのどよめきだったようにも思う。いや、錯覚だ。しかし、廊下を歩いていく祭の耳に、「勝手にしろ」という一言が呪いみたいにかぶさってきた。いやそれは、自分や真野に向けられた言葉ではない。いくらなんでも、被害妄想が過ぎるだろう。それに、彼らの冷ややかな態度の理由もわかる。現場放棄をした俳優は、そう簡単には赦してもらえない。

力の事件と合わせて、真野のせいで撮影スケジュールが数日滞っているのも事実なのだ。気を取り直して、今度は主役の武井純哉の控室をノックした。はい、と武井本人の声が聞こえる。

「おはようございます。武井さん、今日も一日、よろしくお願いします」

「ああ――」

武井は既に着替えをすませ、台本に目を落としていた。昭和初期という時代設定に合わせ、今日は彼も和服姿である。

祭と同い年の武井純哉は、十代の頃からドラマや映画で活躍してきた人気若手俳優である。アイドル歌手や、モデル出身者が多い世界で、珍しく最初から俳優業一筋に専念し、昨今は舞台にも活動の場を広げ、二十三歳ながらその実力は広く認められるところだ。

真野を脇に回しての主演ということで、最初はかなり気を遣っていたようだが、このあいだちょっと話した時には「真野さんの芝居を見てるだけで、ものすごく勉強になります！」と、出番のない時にもセットの外で熱心に撮影を見学していることを明かした。生真面目な性格は、純朴で清潔な北見諒役にぴったり合っていると思う。

だが、今は武井はなんとなくよそよそしい顔で祭を見ている。厭な予感が胸をかすめた。

「すみません、本読み中に」

だがそれは、科白をチェックしている最中に飛びこんだせいだろう。武井も、役に入りこむタイプの役者ときいている。

「いや……いいけどさ」

武井は台本を閉じ、ふうっとため息をついた。

「俺、来月からロンドンなんだよね……」

その一言で、祭には彼の胸中がわかった。人気俳優、過密スケジュール。そして、先だっての主演舞台が評価され、海外公演が決まったとスポーツ紙で見たばかりだ。

もちろん、公演そのものは、もっと前に内定していたのだろうし、準備期間はじゅうぶんにとっているとは思う。

それでも、この数日のごたごた続きで、スケジュールを狂わせたことはたしかだ。

「もうしわけありませんっ！」

祭は膝に顔がつくほど身体を折った。

「うちの真野のせいで、武井さんには多大なご迷惑をおかけしました。どう償《つぐな》ったら許していただけるのかはわかりませんが、今はこうして謝罪に上がるしか方策が――」

「いや、だからそういう意味じゃなくて」

武井は、ばつが悪そうに顔を掻いている。

「……ごめん。あなたにグチったって、しょうがないことだった」

逆に詫びを入れられ、祭は驚いた。

「いえ、悪いのはこちらですから」

その時、ノックもなしにドアが開いた。

「純、取材の人が――あ」

入ってきたのは、武井のマネージャーだった。

「おはようございます！　本日もよろしくお願いします」

彼に対しても、祭は身体を折った。

「……。どうもご丁寧に。今から取材が入っているので、いいですか」

相手のほうが、よほど慇懃《いんぎん》な態度だった。だが、言っている内容は「邪魔だからとっとと出ていけ」である。

無言で一揖し、祭は次の楽屋へ足を向けた。

「おはようございます、室瀬《むろせ》さん。今日もよろしくお願いします！」

北見《きたみ》家の家令役を演じているベテランだ。平原の初期作品にも顔を出しており、今回は十何年ぶりの平原組だという。遅咲きの俳優で、初期作では科白《セリフ》もほんの二言程度のチョイ役だったらしいが。

室瀬功《むらせいさお》は、浴衣姿でメイクの最中だった。

「――あ、すみません。お忙しい時に、お邪魔しました」

祭はあわててドアを閉めようとしたのだが、

「いいよ。もうじき終わるから」

室瀬は鏡越しに声をかけてくる。

「おはようございます、今日もよろしくお願いします」

メイクやヘアメイク、スタイリングなどは、平原組の専属メイク班が一手に引き受けている。夏海や武井やこの室瀬など、売れっ子には、長年担当しているメイクアップアーティストがついているはずだが、今回は彼らに任せている。

「お疲れさまでした、今日もよろしくお願いします！」

作業を終え、部屋を後にするメイクさんにも、祭は挨拶した。彼女は僅かに苦笑して、「いいえ、こちらこそ」と返してきた。

「――ちょっといいか、兄ちゃん」

呼ぶ声に振り返ると、造ったばかりの室瀬の顔にも、メイクさんと同じ種類の笑みが浮かんでいる。

「はい」

スタッフや武井と違い、室瀬には話してくれる意思があるようだ。すすめられるまま、祭は室瀬の向かいに腰を下ろした。

「あのさ、兄ちゃん一所懸命なのはわかるんだけどさ」

室瀬は、ダンヒルのケースから一本とると咥《くわ》えた。箱を差しだしてくるが、祭は低頭して断わった。

話を中断し、タバコに火をつける。そうして室瀬がゆっくり息を吐き出す間、祭の胸は不安に震えた。

「なんていうかね……もう遅いんだよ」

紫煙が渦を巻きながら、天井に上がっていく。

吐き出された言葉に、え、と祭は訊き返した。

「兄ちゃん必死で、火消しして回ってんだろ。さっき、ここにきて教えてったスタッフが言ってたけどよ」

「はい……で？」

「まあ、そいつもろくなモンじゃないとは思うがな——『必死すぎて笑える』って、連中あんたを嗤ってたらしいぞ」

「……」

やはり、あれは被害妄想でも幻聴でもなかったのか。祭は暗澹《あんたん》たる気分に胸を塞がれた。必死すぎて……必死なのはその通りだが、それを嗤われるとは。いや、失笑を買ったのではないかとは思った。武井や武井のマネージャーだって、困っていたようだった。

「まあ、兄ちゃんの気持ちもわかるけどな。でも、無駄ってことだよ」

室瀬は結論を言った。

「無駄……でしょうか？」

やや反発をおぼえ、祭は反問する。無駄だろうが、信用回復に努めるのはマネージャーの役目だと思う。おかしな現場の空気を、どうにか打開するためにも。

「無駄だね。いっぺん壊れちまった現場ってのは、そう簡単には元には戻らないもんだ」

室瀬は、灰を落とした。

「たしかに、あの日のことは平原が悪い。いくらなんでも、言い過ぎだ。成人した息子の事件なんて、真野に責任のあることじゃないだろう。あの時点じゃ、俺たちもスタッフもみんなそう言っていた。だが、その次の日に、真野はなにをした？　無断で現場を放棄した。その次も、また次の日もだ。小学生じゃないんだからさ。はっきり言って、あきれた」

「もうしわけありませんでした、でも」

「でも？　厭なことを言われたからって、無断欠席していいのか」

「それは……」

「それでな、俺たちみんな思い出したわけよ。そもそも、騒ぎを起こしたのは真野のほうだってことをな。平原もひどいが、真野の言ったことだってたいがいじゃないか。平原とは初めてだってんならともかく、あいつは前に組んでるからな。平原の性格ぐらい、わかってんだろ。なんで我慢できないんだよ、いい年してさ。俺だって、売れない頃にはどんな扱いを受けたか――平原に限らずな。俺みたいな十把《じっぱ》ひとからげの役者なんて、ゴミも同然だからな。だけど、言っちゃならないことを言われたからって、次の日休んだりしたら、こうだ」

タバコを挟んだ指で、首を横に引く仕草をしてみせる。

「みんな我慢してきたんだよ。なんで真野に、それができないんだ」

「……はい」

祭は次第に、心がうなだれていくのを感じる。自分だって、真野を諭《さと》した。現場放棄など、プロの風上にもおけない。

でもそれは、あくまで平原が悪いという前提でのものだったと思い出した。室瀬の言ったことが、頭の中をぐるぐる回っている。

「そんでな、兄ちゃん。あの日、あんたが現場にくる前に、平原が若いスタッフ連中に八つ当たりしたらしいのよ。ホンにけちつけられたことに、まだ怒っててな。そりゃもう、ひどく荒れたって話――純は知ってんじゃないかな。あいつはいつも、早く入るから。その結果」

室瀬は、言葉を切って、舞い上がっていく煙の行方をしばし見つめた。

「奴らは、平原にもあきれた」

「……」

「古参の連中は、いつものことかって気にしなかったけどな、若い連中はそうじゃない。つまり、この現場は壊れちまったんだよ。完膚《かんぷ》なきまでに。皆の心は、バラバラだ」

「でも、なんとか――それでもなんとかしようって努力することは、いけないことなんですか？」

なにか言い返したかった。しかし、そんなことしか出てこない。

するとと室瀬は、目を細めて祭を見た。

「だから、あんたらは甘いってんだ」

「そ――」

「あのな、真野が名前だけで客呼べた頃ならともかくな、今の真野奉一《まののほういち》に好き放題現場をひっ掻き回されてしょうがないなですませられる奴なんてめったにいない。それこそ、平原ぐらいじゃないの？　あんたらは復帰作だのなんだのって張りきってたかもしれんがな。いやそれが悪いってんじゃないよ？　真野は才能のある役者だ。むしろ、俺なんか羨ましいくらいの天才だ。だけど、あいつはそれに驕《おご》った。『真野奉一』を無駄遣いしたのは、奴自身なんだよ。そして結果、誰もあいつを尊敬できなくなった。それでも、おとなしくしていりゃ、さすがに真野奉一だ、あいつは生まれ変わったんだって思えただろうがな……」

小刀で、すぱすぱ切っていくような語調だった。それは祭の喉元をかき切り、心にぐさぐさ突き刺さった。

「あと、平原が真野を重用したがるのは、このシャシンで浮上できるかもしれないってそういうもくろみでだよ。なんだかんだ、平原のいちばんいいシャシンの真ん中で輝いてたのは真野だからな。あれは真野のものだよ。平原は、真野に夢を見てるんだろう」

とぼとぼと、祭は楽屋を後にした。甘いと指摘された。それは、一昨日自分が真野を叱ったのと同じ意味の指摘だ。いつまでも「真野奉一」だと思うなよ？　という話だ。

だが、あの時はもう、既に遅かったのか。というより、その時点で自分もまた甘かったのだ。

真野に小言を進呈する以外のことも、考えなければならなかった。平原の機嫌をとりにいく前に、スタッフたちがどんな顔で自分を見ているかを察知するべきだった。

もう遅い。

現場は壊れてしまった。

だが、ほんとうにそうなのだろうか。打つ手はもうないのか。

「どうした？」

信号待ちの最中、そんなことばかり考えていたせいで、ついため息を漏らしてしまった。

訝《いぶか》しげに問うてくる真野の顔を、祭は見つめた。

「なに？」

「——いいえ。なんでもないです」

「なんでもないってことはねえだろうよ、暗い顔して」

内心驚いた。あんな話を聞かされた後も、とりあえず撮影が終わるまでは平然とした表情に努めた。努めていたはずだった。

「気のせいですよ」

無理に微笑《ほほえ》む祭に、真野の顔が近づいてくる。温かな唇に包まれると、胸に刺さった氷の刺がほんの少し溶けるのを感じた。

「浮かない顔も、かわいいなあ」

最後にちゅっと音をたてて吸うと、真野は唇を離した。

「……なに馬鹿なこと言ってんですか」

信号が青に変わり、車を発進させる。

「あ、今日泊まっていいですか」

今晩話をしよう。そう思っていた。真野にとっては耳の痛い現実だろうし、同じことを二回諭されることになる。前よりもずっと、心につき刺さるような内容で。くどい奴だと疎《うと》まれるかもしれない。けれど、しかたがない。

「今日？　今日はダメー」

だが、当然「いいよ」と言ってくれるはずの真野は、あっさり拒否する。

「え？　でも、まだ早い時間だし……じゃあ、ちょっと『みゆき』にでも」

「だから、今日はダメだって言ってんだろ」

真野の口調が、一瞬最初の頃みたいなぞんざいなものなって、祭は目を瞠《みは》った。

「あ、いや――俺にもいろいろ用事があるんでな」

自分でもそれに気づいたらしい。すぐにあわてていいわけをしてきた。

「……そうですか」

こんなことは、一日延ばしにしたくないのだが、そして「いろいろな用事」とはなんなのか。気にはなったが、無理に居坐るわけにもいかない。明日の朝話そう。祭は予定を変更した。

「悪いな」

真野が優しい目でこちらを見ている。

「いえ、だいじょうぶです」

「そりゃ俺だって、祭ちゃんに舐めてもらったり、かわいいおっぱいぐりぐりしたり、祭ちゃんにおしゃぶりされたり、しゃぶられてデカくなったアレで祭ちゃんのキュッとしたお尻の孔をいっぱい責めて、突きまくってイカせまくってあげたいのはやまやまなんだけどさ」

「やめて下さいよ、どんだけフェラチオ好きなんですか」

口で奉仕する場面を思い出し、こんな時なのに祭は動揺した。

「つっこむとこ、そこかよ！」

祭の胸中をよそに、車内に朗らかな笑い声が響いていく。

——真野の明るさも、自分と同様なにかを気づいて、でも気づかないふうに装っているためなのではないだろうか……。

そう思ったのは、帰路についてからだった。

翌朝、いつものように真野を迎えにいった祭は、駐車場にジャガーがないことに気づいてあわてた。

心臓がぎゅっと縮こまり、すうっと身体の中が冷たくなるのを感じる。まさか、また……いや、「いろいろな用事」と真野は言った。それがまたも失踪するための準備だなんていうことは——。

冷や汗をかきながらあたりを見回し、ようやく自分の誤認に気がついた。

駐車場の真野のスペースには、ちゃんと車が入っている。

ジャガーではなく、国産の軽だったが。

「？」

頭が混乱した。意味がわからない。誰かが勝手に、ひとのスペースに停めた？

とりあえず確かめようと近づいて覗きこんだ時、ふいに背後から股間を摑まれた。

「ひっ！　って、ま、真野さん、なにするんですか」

跳び上がり、にやついている真野を見る。

「ん、痴漢？」

「じゃあ、そう名乗ってから触って下さいよ。っていうか、やめて下さい、変態みたいなまねは」

笑顔でまだ妖しげに手を動かしている真野に抗議した。

「はあ？　痴漢ですけど、これからきみのチンコ触らせていただきまーす、とか名乗ったらやってもいいの？　祭ちゃんこそ、変態ー。ってかやっぱおまえってヘンだわ」

「……、どうしたんですか、これ」

とりあえず、失踪されたのでなくてよかった……そこだけはほっとして、祭はからみついてくる真野の手を払いのけつつ訊ねた。

「新しい車」

「いや、見ればわかりますけど……あれ、車検シールが」

「そりゃ中古だもん。十二万」

真野はしつこく、祭の股間を触りながら教える。

「だからやめて……っ、て、じゃああのジャガーは……？」

「売った」

「売ったって」

「だって、おまえがそう言ったんじゃん。分相応な車に乗れって」

ようやく手を離し、真野はさっさと助手席側に回る。あ、と思いついたようにポケットに手をつっこむ。

飛んできた鍵を受けとめ、祭は車に乗りこんだ。そうしながら、おかしさとも哀しみともつかぬ感情に見舞われていた。

自分の言葉に、真野は反省し、だから派手な車をやめた。分相応なものに変えろと言ったわけではないけれど、意味をちゃんと理解しているから、かっこ悪くても軽自動車に——それも中古に乗り換えた。

昨日、祭を早めに帰したのは、車の引き渡しがあったからなのだろう。今朝、駐車場にきた祭を驚かせたくてわざと黙っていたのだ。

そんな稚気と、誠意も感じた。わがまま勝手な暴君のままなら、そもそも分不相応だなんて指摘された時点で祭をぶん殴っていたはずだ。真野は、変わった……あるいは変わろうとしている。

「おい、どうした？　あ、アレされてうっかり勃《た》っちゃった？」

「違いますよ」

「なんだったら、抜いてやってもいいぞ？　お返しに俺のもしてくれると嬉しい」

「けっこうです。いきますよ」

ジャガーよりも小さな排気音をたてて、小さな赤い車は路上を滑り出した。

昨日考えていたことなんて、言えるはずがなかった。これ以上真野に考えを改めよと要求したら、そんな自分を許せなくなる。それが、マネージャーとして失格なことであってもだ。

「おはようございます！　今日もよろしくお願いします！」

それでも、祭には他の方法はない。馬鹿だと思われようが、嗤われようが、誠意を見せて真野の信用を回復させるしかなかった。

あい変わらずしらじらとした空気の漂うスタッフルームを抜け、出番待ちのキャストを一回りしてセットに入る。真野はもう所定の位置に立っていた。挨拶にいった時にはいなかった夏海碧とのシーンだった。本日最初の撮影がはじまろうとしている。

平原に細かい指示を受け、夏海碧は真野を振り返り、OKサインを出した。今となっては、この場でただ一人、この女優だけが真野を受け入れてくれるありがたい存在だ。

そう思えば、真野を慕う彼女を気に食わないなんて言っていられない。

「スタンバイOKです！」

助監督が叫び、

「スタッフ、キャスト、アクション、スタート！」

平原の声が飛んだ。

後ろ姿の夏海が、真野を振り返る。諒《りょう》が密かに恋する家庭教師であり、そのことを知りながら義父の直彦《なおひこ》を誘惑する。父子の関係の歪みを象徴する、魔性の女。

「カット！」

だが、真野が科白《セリフ》を言いはじめたとたん、平原がNGを出した。

「おい真野、何度言ったらわかる。そこはもっとスケべな顔で見ろ！」

そこもまた、真野が納得いっていない部分だった。シナリオを読み返し、祭は真野が首を捻っていた理由を理解した。直彦は、誰にであろうと劣情《れつじょう》を掻きたてられるような男ではないほうがいい。もっと計り知れない、凡夫《ぼんぷ》と同レベルの性欲なんかないほうがより「悪魔」らしく思える。

だが、そんなのはしょせん一観客の意見にすぎず、書いた平原には平原の意図があるのだろう。祭は、あきらかに機嫌を損ねた真野に駆け寄り、腕を叩いて励ました。真野が顔を上げる。

その時だ。

「——あーあー、かわいそうに。犬っころみたいに飼い主の機嫌とらされてなあ」

祭ははっとして振り返った。誰かの聞えよがしの声。だが、いちおうひそめてはいるから、平原のところまでは届かない。そんな、絶妙な大きさとタイミングで入ってきた。

すると、

「ほんとになあ」

また誰かが応じた。

「だけど、やるならカントクに、のほうが効果あるんじゃね？　かわいい顔してるから、ケツの孔でも舐めてやりゃ、おおぼえもめでたくなるだろうよ」

「案外、もうやってたりして——」

祭は頬に血が上るのを感じた。次いで耳も熱くなってくる。だが、頭の中は逆に冷たくて、涼しい部分が「そんなふうに思われてたんだ……」と納得する。

「おい、誰だ、今の」

最後の会話は少し声高《こわだか》だったようだ。ディレクターズチェアから立ち上がったままで、平原が怒声を放った。

「誰だって訊いてるだろうが！」

声を張り上げる平原よりも、祭はすぐ傍に立つ男のほうが怖かった。視線を上げればすぐわかる。どんな顔で、今の陰口を聞いていたのだかが。それを見たくなくて、顔が上げられない。

やがて、隣で動く気配があった。

「そんな気か」

低く、静かな声。

表面上は穏やかなぶんだけ、怒気を露わにした平原のそれよりもよほど底冷えがした。

次いで、ゆらりと影が動く。

祭ははじめて真野を見上げた。削げた頬が蒼白だ。だがなんの表情も浮かんではいない顔。

そのまま、大股にセットを出ていく。

「ま、真野さん、真野さん」

祭は追いすがった。

「待って下さい。落ち着いて」

するとと真野は足を止め、こちらを振り返った。

「──どうやって？」

答えられない祭を捨て置き、なにごともなかったかのように歩を運ぶ。

「降りる」

平原の横にさしかかった時、低いがよく通る声が一言、そう告げた。


平原は、うんざりしたように祭を見た。

「またきみか。で、今度はなに？　説得するから、降板《こうばん》を認めないでほしいとか？」

まったくその通りの嘆願を胸に訪れたのだったから、祭はなにも言えなくなる。

「──奴を使うと、いつもこうだ」

平原は、頭に手をつっこんでくしゃりと掻き回した。

「でも、あの……」

おそるおそる、祭は口にする。

「直彦役は真野しか考えられないから、真野がいない本編は撮らないって──」

「そりゃそうだよ。誰も『降ります』『そうですか、では降りて下さい』なんて言う気はないんだ実際」

その言葉に、少し安心して祭はもう一度低頭した。

「ああ、でも。俺の気力のほうが、減ってきてるかもしれないなあ」

ぎくりとして振り返る。平原は、頭の後ろで手を組み、椅子の背を傾けたり戻したりしながら、不吉な言葉を吐いた。

「なにしろ年なもので。俺も昔に較べると、粘りがなくなったんだなあ。こんなことばっかりあっちゃ、もうなにもかも放り出しちまっていいかなんて思っている」

「――まさか、平原さんご自身まで、『メフィスト・ワルツ』からは手を引くと……？」

平原は答えず、口角だけを上げた不思議な笑顔をみせた。

「そ、それはやめて下さい！」

祭は思わず駆け寄った。テーブルに手をついて、身を乗り出す。

「それだけは。真野のひさしぶりの本編で……あの、真野も真剣に取り組んでますし、脚本のことはもうしわけありませんが、それだけシナリオを読みこんだ結果だと思っていただけないでしょうか？」

平原は、ゆるいまばたきを繰り返しながらこちらを見た。

「……きみがもし古市《ふるいち》さんと交代で入ってたら、真野奉一は問題がありながらも一線級の役者で、今も最前線で主役張っていられたんだろうなあ。と、いうか」

言葉を切り、いたずらっぽい目つきになる。

「俺じたいが、きみに助けてほしいくらいだが。まあ、あの男だからきみもそこまでがんばるんだろうけどね」

「——」

「真野に言っとけ——十年前とは違うんだ。きみは、誰と喧嘩しようが、自分を無視することなどどうせできないんだから、結局は許されるもんだと思っている。すっぽかした後に神妙な顔で戻ってきたから、少しは変わったかと思ったら、なにも変わってなかったな……ただ、いったん放棄した現場におめおめと戻ってこざるを得なかったことには、同情する、戻らなきゃ馬鹿者どもの陰口なんか耳にもしなかっただろうし、プライドを傷つけられることもなかっただろうから。ただ、プライドで飯は食えない、いいかげんわかっているかとは思ったが——と」

最後に平原は、疲れたような顔でそう言った。

なにも変わっていないわけじゃない、現に車を中古の軽にして、外見をとりつくろうことをやめた。そうするまでの真野の気持ちなど、あんたは知らないだろう。

反論しそうになるのを抑え、祭はドアを閉めた。いずれにしても、この間の苦情なんかより、ずっと真野に親身な言葉ではあった。今日の件も、平原だけが悪いわけではない。

真野が去ってしまったため、今日の撮影も中止になった。武井はあからさまに厭そうな顔をし、夏海は暗い表情で楽屋へ戻っていった。

室瀬はといえば、古参のスタッフを捕まえて、「犯人探し」を命じている。

いまさらそんなことをして、なにがどう変わるというのか……だが、若いスタッフの誰かであるには違いなく、平原組のスタッフと彼らの間にもともとあった溝が、これで深まることも想像に難くない。

切られるうちに、悪い材料は切っておく。そんな、室瀬の気持ちがわかるから祭は「無駄ですよ」とも言えない。壊れた現場だと言いながら、まっとうしたがっているのも室瀬だ。投げ出したわけではなかったのだ。

平原の、やる気を失くした態度が気に懸かってはいたが、とにかく真野の居場所を特定してから事務所に連絡することにする。スタジオを出ていきながら、携帯を取り出した。

メールがきていた。

発信人の名を見て、祭は唇を歪める。水橋有《みずはしゆう》。

仕事用の携帯だから、名刺に刷ってある。水橋にアドレスが知られているといっても、べつに困りはしないし、今日までメールも電話もきたこともなかった。

はっきり言えば、存在そのものを忘れていたといってよい。

その水橋が、いったいなんの用事だ。

『NAME：水橋有

件　22日発売の「リアル」

真野が平原耕造と揉めて、仕事をすっぽかしたって記事が
掲載される　言っておくが俺が書いたんじゃないぞ
四日も失踪してたんだってな　まあ奴らしい
俺は驚かないが、そっちに言い分があるならどっかに書いてやってもいい』

顔から血の気がひいていった。あの件は、公には伏せられているはずだ。あの時、撮影現場にいた人間でしか知りえない事件が、どうしてゴシップ誌の記事になるのか。

「あの、だいじょうぶですか？」

やわらかなアルトの声に振り向くと、夏海碧が眉をひそめて立っていた。

祭はようやく現実に立ち返る。気づけば柱に手をついてようよう身体を支えている状態だった。通りかかった夏海が心配して、声をかけてきたのだろう。

「――すみません、平気です」

夏海はしばらくじっと祭を見ていたが、やがて優美に一揖すると、キャメルのコートを羽織ったマネージャーに伴われて駐車場のほうに去っていった。

キャメルの背中を目で追いながら、ぼんやり考える。いくら守秘事項といっても、現場にはさまざまな人間が出入りする。たとえば、出演者の所属事務所のスタッフが呑み屋で友人にでもこぼしたグチが、まわり回ってマスコミの知るところになるという可能性も、ないとはいえない。

――それこそ、「犯人探し」なんかしても、もうしかたのないことだ。

事情が変わって、祭は先に会社に電話を入れることにした。二十二日といえば来週だ。その間に対応できるものなら手をうたなければならない。

地下鉄の駅を降りたところで、胸ポケットの携帯が鳴った。

祭はっとする。プライベートの携帯。真野からの電話用に設定したメロディ。

確認するまでもなく、他の人間からのものではなかった。急いで通話ボタンを押し、耳にあてる。

「もしもし。真野さんですか？　今どこですか」

蓉子との話が長引いて、地下鉄に乗る前に真野に電話できなかった。だが、真野からかけてくるとは思っていなかった。

『ああ――今、家』

「マンションですね？　車がないから、心配してました」

『心配っておまえ、俺は前科持ちじゃねえか。誘拐なんかされてるわけもない』

「いや、そういう心配じゃなくて……あの、これから事務所で打ち合わせして、すぐそっちに向かいますので、動かないで下さいね」

『ああ……ああ、うん』

真野はいつになく歯切れが悪い。なにか他に言いたいことがあるのだろうかと、祭は耳をすます。

『あの、な――祭ちゃん、怒ってるんじゃないのか。またこんなこと――』

やがてぼそぼそと聞こえてきたのは、そんな問いかけだった。

「怒ってるか怒ってないかでいうと、マネージャーとしては前者です」

なるたけ事務的な返答を心がけると、真野がためいきをついた。

『じゃ、祭ちゃん個人としては？』

「……」

気にするなと、真野のせいではないのだと、そう言ってやったほうがいいのだろうか。事実、今真野に対しあるのは、怒りや腹立ちよりも哀しい気持ちだった。怒りはむしろ、自分自身にこそおぼえている。朝、車の件でぐっときて、真野を諭すことをしなかった。室瀬の言ったことなんか、そのまま伝えるなんて、できるわけがないと思った。

室瀬の指摘は正しい……「あんたは甘い」というその一言だけは。真野のことも指していただろうが、結局は自分の甘さのせいだったのだ。現場が壊れかかったのも、今度こそほんとうに壊れてしまったことも。

『――他のことなら、べつになんでもよかった』

黙りこんだ祭に、真野がためらいがちに言葉を接いだ。

『あいつの、辻褄《つじつま》の合わねえホンも、いちいち細かすぎる指示もいいとしよう――ほんとうに、そう思ってたよ。四日前までは』

「はい」

『だけど、おまえのことを――祭ちゃんを馬鹿にするようなのは……おまえを傷つけるための言葉は、俺は我慢ならなかった。それをやったらいちばん困るのはおまえだってわかってても、無理だった。言ったヤツ見つけだして半殺しにしなきゃおさまらねえ……でも、それがいちばんまずい』

「……はい。はい、わかってます。真野さん――は、なに、も悪く……ないです」

携帯に向かって頭を下げながら、祭は左手で顔を押さえた。指のあいだを流れる熱い涙は、すぐに冷たくなる。泣いたって、なんにもならない。自分が悪いのに、自分をかわいそうがるなんて、とんでもない。それでも涙は後から溢れ出す。

『祭ちゃん?』

「すぐに帰りますから」

嗚咽《おえつ》を堪えながら言い、怪訝《けげん》そうな声を出す真野をむりやり電話のむこうへ押しやった。

白いコートを着たサラリーマンふうの男が、不審げな顔で祭を振り返っていく。きっと、携帯に謝りながら泣いている人間をはじめて見たのだろう。

# 8

祭《まつり》が入っていった時、会議室では既に結論が出ていた。

蓉子《ようこ》は正面の椅子で腕を組み、角を挟んで原口《はらぐち》が、まったく同じポーズをとっている。

二人に目礼し、祭はテーブルに目を凝らした。雑誌のコピーらしきものが散乱していた。

「それ、『リアル』の次号の……？」

訊ねると、蓉子は腕をほどいてうなずいた。

「手を回して、記事をチェックしたけれど。月刊誌だからダメだった。これは抑えられない」

「……。真野《まの》さんが撮影すっぽかしたことが……」

下世話なゴシップ専門誌だ。本気で信じる読者もそうはいないだろう。

とはいえ、同じ業界、ちょっと情報を収集すれば、現場で起きたことは誰もが知ることができる。

それが事実だと確認して、真野を使わなくなる製作会社はきっとある。祭はほうっとため息をついた。

原口の前に腰を下ろし、記事のコピーに目を落とす。「失踪《しっそう》」「シナリオにダメ出し」といった小見出しが躍っている。だが、親の敵のように睨みつけたところで、文字は消えてなくならない。

「――問題はね、もう現場放棄したとか、そういうことじゃないの。そんな記事なんかは、はっきりいってどうでもいい」

半分も読めずに、コピーを摑んだまま目を泳がせていた祭は、その声に蓉子を見た。

言うなり、肩を落として頭を抱える。

驚いた。この女丈夫の弱い姿など、今まで見たことがない。

視線を正面に移す。原口が、重たげに口を開いた。

「平原耕造《ひらはらこうぞう》が、『メフィスト・ワルツ』から降りるそうだ。日映に、申し入れがあった」

心臓をまっすぐな鋭い槍で貫かれたように感じた。痛みと衝撃、そして、これはなんだろう。

深い虚無が、祭の内面を満たしていく。

ああこれは……絶望というやつだ。

「どうして平原さんは降板《こうばん》なんて……今日のことで、ですか」

「いや」

常務は静かにかぶりを振る。

「日映も、この記事の情報を入手したらしい。平原さんに確認したら、降板すると言ってきたそうだ」

「そんな……こんな記事だけで」

それは、自分が撮影所を出た後のことなのだろうか。水橋《みずはし》が入手できるような情報を、日映みたいな大会社が事前に知らずにいるはずがない。それとも、あの時既に、平原もこのことを知っていた？　それで、急速にやる気を失ったものなのか。

「まったくわけわかんないわよね」

蓉子がやにわに顔を上げた。

「降りるったって、あんたのオリジナルじゃないさ。誰か後を継ぐとでも思ってんのかしら。プライド高いにもほどがあるわよ。それだから、五年も干されるのよ」

まるで目の前に平原本人がいるかのように、罵《ののし》る。

ほっとした。社長はまだ元気だ。最悪の結果にはならないのではないかと安心しかかった時、

「でもまあ、そういうことならしゃあないわね……日映は、『メフィスト・ワルツ』の版権を欲しいみたいだけど、平原は意地でも渡さないだろうからね」

そう続いた。祭の胸にまたも暗雲が萌す。

「じゃ、結局どうなるんですか？」

「――違約金を払うわよ。請求されればね。まあ、ウチが百パーセント出すことになるかはわからないけど。平原だって、いくらかもたないとね。ま、それでこの話はおしまい」

「おしまいって……じゃ、映画がなくなるってことなんですか。真野さんの仕事は」

「この状況で、まだ続くとでも思ったの？　平原が降りたのに、誰がメガホンとると？」

蓉子は、びっくりしたように言った。

「……いえ。わかります」

その違約金というのは、いったいいくらぐらいなのだろう。製作費全額ということはないにしろ、何億——下手をすればその一桁上の債務を「寺木《てらき》エンタープライズ」は負うことになる。

空恐ろしい気持ちになった。そんな額の金が、自分の日常のすぐ近くに存在しているとは、想像できない。

「それでね、左草《さそう》」

蓉子は、違約金のことはいったん忘れることにしたのか話を変えてきた。

「残念だけど、今日付けで、うちは真野奉一《まのほういち》との契約を解除します」

「——え？」

突然あらたまった口調、冗談などいっさい介在していない真顔。

そういう状態で告げられたその一言が、もちろん聞こえなかったわけではない。

聞いたし、意味もわかった。だが、脳が理解しても心が受け入れるのを拒否している。そんな心境だった。むしろ、心は空っぽになっていた。

「そ、そんな——だって、じゃあ真野さんはこれから」

「もう無理なのよ」

それでもなんとか反対しようとする祭を、蓉子は遮った。

「これ以上、うちで真野をみるのはもう無理」

「でも、それでも今までだってなんとかやってきたじゃないですか」

「だから、これまではがんばれたが、これ以上はがんばれない。そういうことなんだ」

深い同情の色を眸《ひとみ》に湛《たた》え、原口が穏やかに祭を窘《たしな》める。

「たしかにね、真野はパパからの預かり物よ。亡くなる直前まで、いちばんパパが心配してたのは、あいつのことだった。だからあたしも、ちょっとやそっと迷惑をかけられたくらいのことでは真野を見捨てようなんて思わなかったし——ううん、あたしだって真野はかわいかった。どうしようもない男だけど、才能だけは本物だったし、厭な人間ではないものね。だけど、ものには限度ってものがあるの」

蓉子は祭を見た。

「まあ、こんなこときみに言ってもしょうがないけどね。きみがうちに入ってくる以前にも、似たようなことがいくつもいくつもあったわけよ。お金じゃあないけど、真野のために無駄遣いした金額のことを考えると、時々真夜中に殺意をおぼえるわ」

「……」

「きみを真野につけたのは、いつまでもめんどうを見られる側じゃなくて、見る側になればあの男もちょっとは自立するかと思ったってのもあるけど、まああんまり真野の情報が――悪いほうのね――インプットされてない若い子ならってのもあった。事実、きみはそれほど先入観もなく真野になじんでたみたいだし」

聞きながら、祭の気持ちはしだいに傾いていった。それは、蟻地獄《ありじごく》に呑みこまれていくちっぽけな虫みたいにみるみると、果てのない恐怖の中へと向かうようだった。

「……ご期待に添えなくて、ほんとうにもうしわけありませんでした」

それでも、なんとかそれだけ言って、深く頭を下げた。

「やだ、なに言ってんの。左草はよくやったわよ。正直言って、期待以上」

蓉子は、そんな祭を元気づけるふうに言う。

「でも、こういう結果になったんなら、なにもやってないのと同じです」

「そうね、きみのそういう、若いのに自己批判できる姿勢は好きよ。今の子は、なんでも他人のせいにしたがるからね――で、すぐに次のタレントをつけようと思ってるんだけど。真野と半年以上も渡り合った実績を鑑《かんが》みて、多少気難しいのでも――」

「え、ちょ、ちょっと待って下さい」

「そうね、言ってみればいちばん最悪な時期の真野だったんだものね。じゃあ、楽なほうにつけてみるか。未希《みき》でもいいんだけど、年が近すぎていろいろと」

「いや、待って下さいって！」

ほとんど悲鳴を上げかかったところで、やっと蓉子を黙らせることができた。祭はごくっと唾を呑む。

「――先の話は、少し待っていただけませんか」

「……そりゃそうよね、すっごく疲れてるわよね」

蓉子はやはり、なにか誤解しているらしかったが、それをいいことに祭は話を切り上げ、事務所を出た。

十二月の寒風に晒《さら》されて、火照《ほて》っていた頭が少しずつ乾いてきた。

蓉子に言われたことを、ゆっくり考えながら歩く。

真野の解雇を聞いた時は、とっさに自分も「寺木エンタープライズ」を辞めようと思った。しかし、よく考えてみると、それは最良の方策だろうか。真野がいまさら正業に就けるとは思わないし、そういったことを抜きにしても、真野は芝居でこそ光る男だ。ほかの仕事なんかさせるのはもったいない。

だが、そこまでの大手ではないとはいえ「寺木エンタープライズ」は老舗《しにせ》のプロダクションだ。良心的な運営で好感をもたれてもいる。また、いまだに蓉子の父に恩を受けたという業界人が、タレント裏方問わず、多くいる。彼らのほとんどは重職にあって、キャスティングの決定権を握る者だ。寺木に配慮して、真野を使わないという図式はありそうだ。

だが、自分だけでも会社に残れば……しばらくは真野を養うことになるだろうが、他のタレントの担当になって、もしも未希のような売れっ子に影響を与えるほどの実力を身につければ、と思う。その時は、真野を復帰させ、バーターでもなんでもいいからねじ込むことは不可能だろうか。

そこまで考え、ふっと自嘲の笑みがもれた。売れっ子を意のままに動かせるようになる——たとえば今の原口みたいなポジションにいくまで、いったい何年、何十年かかるだろう。その間ずっと、真野に自分のヒモをやってろと言うのか。

たぶん、最初のうちはそれでもいいかもしれない。だが、そのうちそんな生活を真野当人が拒む。

どうすればいいのか——今度はべつのことが頭に浮かんだ。これからのことはひとまず措いて、今日とりあえずするべきこと。

他でもない、それは真野に「寺木エンタープライズ」が契約解除を申し入れてきたと告げることだ。

正確には、今日付けで解消されたわけだが。解消、解除。どう言ったって、要するに「あんたはクビになった」ということだ。

気持ちがふたたび、沈みはじめた。目先のことを考えるとなると、そうなる。でも、今をやりすごすすべを持たない者に、未来の希望なんてない。そもそも、真野に現状を正しく認識させることを怠ったのは自分のミスなのだ。

自分だって、いっしょに契約を切られてあたりまえだ。ため息を落とし、祭は夜暗に身をまぎれこませた。

玄関を入るなり、大音量のギターが耳をつんざいた。次いで、叫びとも悲鳴ともつかない甲高い声。

「――真野さん。何時だと思ってんですか。近所迷惑もいいところです」

大声で言いながらリビングに飛んでいって、祭はスピーカーから轟音を響かせるオーディオの電源をオフにした。

「聴くならヘッドホンで！」

厳しく言いつけると、膝を抱えてウイスキーを呑んでいた真野が、上目にこちらを見た。

「公共のマナーぐらいは守らないとなあ？」

言って、いたずらっぽく舌を出す。

「わかってるなら、非常識な行動は慎んで下さいね」

祭もすぐ頬をゆるめた。単純にその顔をかわいいと思ったのもあるが、いきなり深刻そうなそぶりをちらつかせてはいけないという考えもあった。

「うぃー、祭ちゃん会いたかったー」

隣に腰を下ろしかかった祭の腕を引き、真野が抱きついてくる。アルコールの匂いが鼻を衝く。あれからずっと、一人で呑んでいたのだろうか。

「大げさですよ。ほんの数時間前までいっしょだったでしょう」

祭は、回された腕をとんとんと叩いた。

「だって、電話でしか捕まらないんだもんよ」

身体を離し、しげしげ覗きこんでくる。

「もう一生、ここにはこないと思った」

はっとした。あながち冗談でもないような目の色。まさか、さっき事務所で祭たちが話しあった内容を察しているのか。

「……なんでですか。いろいろやることがあって、遅れただけですよ」

祭は真野からタンブラーを取り上げ、中身を呷った。

「いい呑みっぷりだよな。子どもは酒呑んじゃいけないんだけどな、ほんとうは」

からかいながら、真野は立ち上がる。

キッチンから新しいタンブラーを持ってくると、瓶を傾けた。

「お疲れ」

自分から言い、縁のところを軽く触れ合わせる。

「なんの話だったんだ？」

一口啜り、そう問うてきた。

祭は一瞬口ごもり、

「……『リアル』に、こないだの件が洩れたとかで……今度の号に記事が。社長がいろいろ動いたみたいなんですが、抑えるのは難しいそうです」

まずそれを告げた――「そんなことはもうどうでもいい」記事の話だ。したところで、最後に控える事実の前では無意味だが、時間稼ぎにはなる。自分は、やはり契約解除のことを言いたくないのだと、祭はあらためて知った。

「『リアル』？　――ああ、あの水橋の馬鹿か」

「や、水橋さんは、今回は関わってないらしいです」

「なんでだよ。んなわけねえだろ」

祭も今は、そう思いはじめている。他人を煽《あお》ることになによりのエクスタシーを感じる男。あれも一種のメフィストフェレスなのだろう。

だがそれもほんとうに、「どうでもいい」ことだ。水橋がどうだろうと、平原は遅かれ早かれ降板していただろう。記事がなかったとしても、なにかが平原の背中を押して。プライドでは食えないと吐いた男が、プライドのために仕事場を投げだす。たしかによく似た二人だ。

それに、水橋本人でも、そうでなくとも、ネタを洩らした人間はほかにいる。

「べつに、あんなインチキ雑誌なんかになに書かれたって、俺は困らないぜ？」

だが真野は、平然と言う。

「あんなのは、おまえ、祭ちゃん。男の勲章みたいなもんだろ」

「真野さん……」

哀しい気持ちで、祭はその、整ったきれいな顔を見つめた。きれいだなんて言っても喜ばないだろうが、ほんとうにきれいな顔だと思う。何物にも穢《けが》されない、ダイヤモンドみたいな眸を持っていて、この男にはほんとうに現実が見えていないのだろうか。以前にも、そう疑ったことが蘇ってきた。あの時と今とで、なにが変わっただろう。自分はあい変わらず無力で、真野のためになにもできない。

ああ、そうかとすぐに思う。自身が輝きすぎているから、眩《まぶ》しくて周りが見えないのだ。おかしくなった。自分が現実をつきつけたなら、この目はもう輝かなくなるのだろうか。それなら、一生そんなものは見えなくていい。

——やはり、失策は自分にあったのだ。

もっと、室瀬《むろせ》が言ったことや、平原の意見を真野にわからせなければならなかった。現場が今、どんな感じになっているか。

それで真野が心を入れ替えないなら、それでもいい。それでもいいから、言うべきだった。

ふいに、真野の腕が首に巻きつく。すぐにもういっぽうで祭の腰を引き寄せ、後ろから抱えこむようにして顔を髪に埋めてきた。

そうやってしばらく頬を祭の頭に擦りつけた後、

「で」

と真野は言った。

「俺はやっぱり、クビ？」

正面を向いたまま、祭は目を見開いた。

見えていないわけじゃ、なかったのか。わからなくなってくる。やはり、この男のことなんか自分には一生なにひとつわからないのかもしれない。こんなに好きでも。

なにか言いたくて、しかし言葉なんかなにも出てこなかった。違うと言えない以上、いい報告ができない以上、黙っておこう。

答えない祭の頬に手をあてがい、真野が顔を自分の側に向けようとする。祭はそうさせないように抗《あらが》う。無言の攻防が、しばらく続く。

顔を見たくない。見たくなかった。見たら、みっともなく泣きじゃくってしまいそうだ。そんな弱った自分に、どうしてこの男を守れるだろう。もう誰もいない。事務所の力も頼めなくなった今、真野のために自分が強くあらねばならない。

祭は抵抗をやめ、真野のほうを向いた。その首に、自分から腕を回してすがりつく。真野は迷わず、唇を探り当ててきた。温かい。

鼻の奥がつんとした。と思ったら、きゅっと摘ままれた。

「——おまえが先に泣いて、どうするよ？」

真野の目が、真上から見下ろしている。

「泣いてませんから」

祭はきっぱりと言った。

「くそ。かわいげのない奴め」

冗談っぽく言い、真野が襲いかかってきた。祭もふざけて、床を這って逃げるふりをする。すぐに押さえこまれ、真野が全体重を預けてくる。

こんな時なのに、二人ともげらげら笑っていた。真野はともかく、ウイスキー一杯程度で酔っぱらっているのかと思うと自分がふがいない。なのになぜか楽しい。こんなことではいけないのに、こうして触れあうことがなにより幸せと感じてしまう。

「祭ちゃん？」

「はい」

「就職情報誌買ってこい」

「……、なんでいきなり、パシリ扱いなんですか」

「じゃ、買ってきて？」

「今は、まだいいです」

「おまえがよくても、俺が厭なんだよ」

上からしめつけてきながら、真野が低い声を出す。いい匂いがした。

「真野さんが厭でも、俺はいいんです。そんなに就職情報誌が見たいなら、自分で買いにいって下さい」

「なんだよー、せっかくひとが前向きな気持ちになってんのに」

言いながら、真野の手が祭を撫でる。さっきまでのじゃれあいとは違う意思をもって、頭からわき腹まで撫でていく。

「――真野さん」

祭は向きを変えた。

「なんだよ」

「せめてベッドでしま」

最後まで言う前に、真野がまた蔽《おお》いかぶさってきた。


重苦しい現実を追いやるには、たぶんこれでいいのだろう。これが正解なのだろう。

ベッドで烈《はげ》しく真野ともつれあいながら、祭はそんなことを考えていた。

足を大きく開き、尻を上げて、真野の昂《たか》ぶりを受け止めている。

「んっ、んん……あ、はっ、は……っ」

内奥で襞《ひだ》が収縮し、呑みこんだ真野をしめつける。

そうすると、中で真野が質量を増したのを感じた。

「ん、あ、また……？」

既にお互い何度も射精しており、抜かないままで真野は続けに祭の中でいった。

この男にしては、余裕がない。いつもなら、たっぷり焦らして愛撫をほどこし、祭が啼《な》きわめくのを楽しんでいるふしもある。

それが、堪えられない祭が絶頂を迎えるのにつられるようにして、中に迸《ほとばし》らせる。

やはり、真野とて先の見えない不安にさいなまれているのかもしれない。

時々正常に戻る意識で、しかし考えるのはそんなことばかりで、祭は現実的なのにどこか抜けている自分が情けなくなる。

それと、与えられる官能に反応するのは、また別のようだ。

「あ、ふ……」

何度も中に出されたものが、掲げた尻の狭間から溢れ出してくる。二人ぶんの汗や体液やその他で、シーツはどろどろだ。

烈《はげ》しい抽挿《ちゅうそう》をくり返しながら、真野はベッドサイドのスタンドを摑んだ。

「や……なに……？」

いきなり眼前を照らした、眩《まぶ》しい光に却って祭は目を見開く。

「……いってる時の顔、ちゃんと見たいから」

腰は動かしたままで、真野は残酷にライトを祭の顔に翳す。

「や──そんな……、見ない、で……っ」

祭は抗議したものの、白日の下に晒《さら》されていると思うことで、痴態《ちたい》は逆に狂乱の度合いを深めていくようだ。スタンドを取り除こうと振り上げた腕を摑まれ、敵わないまま、いつか尻を振っている。

「……すげ、色っぽい」

囁いてきた真野が、耳朶《じだ》をがりりと嚙んだ。

「あ……」

「もっと啼《な》けよ」

唆《そそのか》すように吹きこむ、熱い吐息。

「や……またくる……っ」

高波の予感に、祭はいやいやをした。

「いって。俺にはっきり見せて、俺で祭がいくところ」

「や……ああ……」

ほんとうに、限界が近づいていた。

「気持ち、いいのか……？」

「ん……悦《い》い……悦い、ああ……」

祭はついに弾けた。ぶるぶると身震いする。真野の手を離れたスタンドが、ちらちらしながら天井のある一点に焦点を結んで止まる。

「ふ……」

荒く息をつく。そうする間に、真野が高まっていくのを感じる。

「な……いてくれ、こんなふうに……」

腰を打ちつけながら、真野が投げ出された祭の身体をかき抱いた。

「俺の、そばに……いつまでも、こうやって……」

「真野さん……」

この男もまた、不安なのだと、いくらか落ち着きを取り戻した意識でまた思った。

そんなことは、最初からわかっていてこうしている。

「……それは、前にも約束しました」

ずっとそばにいる。あれだけでは、やはり確約とはとられなかったのか。

あの時よりもずっと、愛しく思う気持ちがある。

「祭……祭……」

呼び続ける声。内奥が何度目かの絶頂を受け止めた。

「……いくな……俺を置いて、いかないで……」

「いきません」

むしろ、真野こそが啜《すす》り鳴くような声に、のしかかった男の肩をぎゅっと摑んだ。


水橋は、歩道橋の上で待っていた。

携帯を畳みながら、祭はそのひょろりとした姿に近づいた。

「——おう」

「どうも」

いちおう頭を下げておく。

しかし、上げたそのまなざしがよほど険《けわ》しかったのかもしれない。水橋はややうろたえたていで、

「そんな顔すんなよ。俺マジで、『リアル』のあの記事には関係してないし、もちろん平原サイドにそれリークしてもいないから」

早口でいいわけをする。怯えた顔に、あの、人を小馬鹿にしたような余裕はいっさいなく、たぶんほんとうのことを言っているのだろうと思った。

「べつに、もういいですよ」

祭は柵に凭《もた》れて車道を見下ろした。冬の夕暮れは早い。まだ四時台なのに、薄闇をライトで

照らしながら無数の車が行きかっている。

「結局、俺の情報も役には立たなかったんだな」

少し黙った後、水橋がぽつんと言った。真野を追いつめることに、無上の喜びを見出している男。そのはずが、なぜか今はひどく落胆しているように見える。

「その節は、わざわざお知らせいただいたのに、徒労に終わったようでもうしわけありませんでした」

「んー、なんか刺《とげ》を感じるんだなあ、その言い方。祭ちゃん怖いー」

「祭ちゃんなんて、呼ばないで下さい！」

思わず声を荒げ、祭ははっとした。

「……いやごめん、まいったな、からかったつもりじゃないんだけど」

水橋は洟《はな》を啜りあげた。

そうではなくて、他の人間にそう呼ばれたくないだけだ。そんな子どもっぽい本心は、言う必要もないが。

「でも、どうして俺にあんなメールをくれたんですか？　うちの……前の会社が右往左往《うおうさおう》するのを見て楽しむって以外の理由があるなら」

祭は、その点だけは訊いておきたい気がしていた。

だから、時ならぬ呼び出しに応じたのだ。

水橋は、真野に執着していたという。その執着は、ただ貶《おとし》め、引きずり下ろすことのみに特化されたものだったか。他人を煽《あお》ることが生きがいだという男の琴線《きんせん》にたまたま触れた、それだけのことなのかどうか。

「どうしてって……んー、俺、これで真摯《しんし》に生きてる奴って好きなんだよね。そんで、根性あって、なかなかへこたれない奴。祭ちゃ、いや左草《さそう》くんはかなりタイプ」

「――！」

「いやヘンな意味じゃなくて。んー、まいったな。俺の心の中では、既に『祭ちゃん』だからさーって嘘うそ」

後ずさりながらおおげさに手を振る。

「……。真野さんだって、真摯に生きてる人ですよ」

クラクションの音を遠くに聞きながら、祭はぼそりと訴えた。

「んー、たしかに、ある意味そうかもしれないけどさー……でもなんかあの人は、人格に反していい思いしすぎてるようなって、いやいや！　それってここから突き落とされるほどのことと!?　いや冗談でした、すいません」

祭は、一歩ひいた水橋に胡乱《うろん》な目を向けた。

「……で、マジで左草くんも会社、辞めちゃったんだ？」

よほど落ち着きを取り戻してからの問いかけに、祭は無言でうなずいた。

「どうすんの。まいったなー、どうすんのよ辞めて、これから」

――それは、辞意を伝えた時の、蓉子にも言われたことだった。

しばらくはフリーでやっていくと答えると、眉を思いきり跳ねあげた。

『フリーって……悪いけど、真野を使ってくれるところなんてもうないと思うよ？』

『でも、そうするしかないと思うんで』

頑《かたく》なに言い張った祭を、しばし凝視していたが、

『もしかして、うちが真野を解雇したの、自分のせいだとか思ってる？　せめてもの罪滅ぼしに、真野のめんどう見ようっていうの？』

心配顔で訊ねてきた。

どちらだとも答えなかった。べつに圧力をかけたりはしないから、やれるものならやってごらんと、社員マネージャーだった頃に何度も言ったのと同じ調子になった後、でもね、と言い添えた。

『きみに真野を、一生背負っていけるの？　今はちょっとヒロイックな気分でやる気になってるかもしれないけど、何年もしたらあれは相当重いよ？　全部きみに預けて乗っかってくるよ？　そうなっても厭にならない？　真野を捨てたりしない？　あの男を捨てた私や母親や、女たちみたいに』

真剣に言うから、祭はわからないと答えるよりほかになかった。ただ、今の真野には自分し

かいないし……いなくなったりしないと約束した。

大切にする、という誓いを、真野はずっと守ってくれている。大切にされている実感がある。なら、自分も全力で約束を守るだけだ。

そして、ほんとうは蓉子も真野を背負い続けたかった気持ちが、最後の言葉でわかった。もし社長という立場ではなく、一マネージャーとして真野を引き受けたとしたら、自分など較べものにならない手腕で、真野を走らせたに違いない女。

蓉子が手を引いてくれてよかったと、その時ほんとうに思った。こんな相手には、とてもじゃないが敵わない。


「——フリーねえ」

水橋も、まったく同じ反応を見せた。

「それってどうなんだろうな。あの人、どう考えても大変そうだけど。大変な、厄介者。ま、寺木《てらき》サンから妨害とかされたらこっちに言ってきてよ。どっかに書いてや、いえ、大手による無体な弱者いじめの実態、しっかり書かせていただきますので」

違うのは、はっきり「援護してやる」と明言したことだろうか。

野次馬だが、それほど悪い男ではないのかもしれない。遠ざかる背中を祭は見つめた。

水橋はこの先も真野の動向を追うだろう。それは、「売れっ子」に対する反抗心ではない。真野のなにかが、水橋を駆り立てる。そこに深い意味なんてないのかもしれない。ただ、光芒《こうぼう》を放ちつづける星を、望遠鏡から追う。それだけの生きがい。

冬の夜空に、無数の星がまたたいている。

東京で見る、あるかなきかの星の光とは違う。たしかな輝きが、いくつも散らばる。

そんな同じ空を見上げていた隣の男が、「すげーな」と声を上げた。

「さすがだぜ、ど田舎!」

「……悪いですよ、そこらへんの住民の皆さんに」

祭は窘め、ふるっと身を震わせた。

「それにまだ、そこまで田舎じゃありませんし」

それでも、北国の夜の寒さがそろそろ身にこたえてきて、真野を置いて一足先に車に戻る。

眺めていると、真野は足を開いて腰に両手をあて、まるで気合いで星を落とそうとでもしているみたいなポーズで飽かず空を仰いでいる。後ろから見ると、けっこう笑えた。祭はダッシュボードに載せた缶コーヒーを口に運んだ。もうだいぶぬるくなっていて、暖をとるほどの役目は果たさない。

窓越しに見ても、澄んだ大気のきれいさがわかるようだ。張りつめて、さらさらした空気。ここで半年も生活したら、かなり健康体になるだろう。

——まあ、半年もいるわけないか。

やがて真野が踵《きびす》を返した。祭は助手席側のドアを開け、大股に戻ってくる男を待つ。

「信じられるか？　祭ちゃん。この星って、東京で見るのと同じなんだぜ？　空が汚れてるから、東京では隠れてるだけなんだぜ」

「知ってますよ」

大きな男が、狭いシートに潜りこんでくる。おもむろに祭の手をとると、氷みたいな両手で包む。

「冷たっ！　なにすんですか、もう」

祭は悲鳴を上げた。

「目覚まし」

真野はすまして答える。

「……あれほど、雪には触らないで下さいって言ったのに」

涙目で恨み節を口にする。雪なんて目にしようものなら、一晩かかって日本一大きな雪だるまを作りかねない。釘を差しておいたつもりだったのに。

「だから、目覚ましだって。居眠り運転はまずいだろ」

「あのですね」

「公共のマナーぐらい守ってくだちゃーい！　ぷんぷん」

「おっ俺は！　決してそんな口調では」

「……おっもしろかったねえ、あれは」

握り拳を頭の両側にくっつけておどけていた真野は、姿勢を戻してしみじみ言う。

そんなに前のことじゃないのに、まるでもう嘘みたいな昔の話に思える。

「……。楽しんでいただけて、光栄です」

いちおうフォローしてから、「出しますよ？」と祭は路肩に停めた車を発進させた。

「なー、コーヒーもうないの？　コーヒー」

「何本呑んだら気がすむんですか。しばらく我慢して下さい」

「ほんとは、ビール呑みたいのに我慢してやってんだぞ」

なんで恩を着せるんですかと、祭は横目で真野を睨んだ。

「あとちょっとで高速に乗って、そしたらサービスエリアありますから。それまで待ってて下さい」

カーナビで確認した後、言い聞かせる。

どのみち、この果てしなく続く雪道のどこかに、突然自動販売機が立っているような気はしない。

「で、そのペンションとやらはどこにあんのよ？」

「真野さんの知らないところにあります。近づいたら教えますから」

「おまえ、やっぱ俺のこと馬鹿にしてるね？　たしかに地理は苦手だけどよ、全国回ってんだからな、かつては」

「はいはい」

「――客って、どのくらい入るんだろうな」

「オーナーさんが前もって宣伝してくれてますから……でも、田舎でペンションの横のライブハウスなんてロケーションじゃ、二、三十人ぐらい？」

「あ、祭ちゃん自ら、田舎って言っちゃった！」

「ど田舎とは言ってませんし」

「ど田舎の雪国のペンションに隣接した、ライブハウス……うーん、俺のこの豊かな想像力をもってしても、なんにも浮かばんわ」

「着いてのお楽しみってところですね」

「なんかこう、神棚ありそうだよな。で、破魔矢《はまや》飾ってて。あー……外見はログハウス系。壁にピッケルとかも飾ってそう。あと、オーナー夫妻がスキーウエアでツーショット写真」

「……ものすごくいろいろと、浮かんでるじゃないですか」

「しかも夫婦でダブルピースなんだぜ」

真野は、その言葉に噴き出した祭の頬を、まだ冷たい指先でつついた。

「なんか楽しみになってきた」

子どもみたいな顔で言う真野が愛しくて、同時にもうしわけない気持ちでいっぱいになる。

「すみません、こんな仕事しかとってこられなくて」

とたんに頭をはたかれた。

「だから、おまえは卑下《ひげ》しすぎだっての。度を越した謙虚はな、祭ちゃん。そりゃあ怖いことを招くんだぜ？　俺みたいなろくでなしが、思いっきり乗っかってきたりとかな」

こういうことを言うから、真野がほんとうはどう考えているのか——この状況を本気で楽しんでいるのか、それともとうにあきらめ、醒《さ》めているものを、祭にただ合わせて楽しそうにしてくれているだけなのかがわからなくなる。

「でも」

と、祭は気づいた。

「俺みたいなろくでなしって、真野さんだって思いっきり卑下してるじゃないですか」

「俺はよ、おまえ、本気でろくでなしじゃねえか。どう考えても」

「……すみません」

「だから、謝るなっての」

フリーになったなんて言っても、そうそう仕事がくるわけがないと予想はできたし、生活のために昼は予備校の講師、夜は『みゆき』でアルバイトをしていた祭に、年が明けて二月、一本のメールが舞いこんだ。

スキー場で名高い高原のペンションオーナーだった。三十代半ばだという主人は、「レイジング・ブル」時代からの真野奉一の大ファンだと自己紹介した。

立ち上げたサイトで仕事を募集していると知って、ペンションの片手間にやっているライブハウスでライブをしないかと依頼してくれたのだ。

真野が縁で結婚した妻も、当然やる気まんまんで、常連客に送るダイレクトメールの図案まで毎日考えているという。

だがライブハウスといっても、そこは趣味程度の店だというし、アーティストならぬ地元のカラオケ好きの溜まり場になっていると聞いて、祭は不安をおぼえたのだ。

真野がいったい、この話をどう思うかとおそるおそる切り出すと、「いいんじゃないの」とすぐに乗ってきた。

『って、いいんですか？』

『なんで？　ライブは好きだ。ってか、俺はもともとミュージシャンだっつの』

それは、日がな一日部屋でギターを弾きながら曲を作っている姿でいやというほど知らせてもらっているが……祭の頭に大きく浮かぶ「営業」という二文字に気づかないように、真野は普通に依頼を請けた。

やはり変わってきているのだ。少しずつでも……胸にちいさな希望の灯がともる。祭はさっそく、主人に返信した。

雪の一般道から、ふたたび高速に乗り、しばらくするとサービスエリアが見えてきた。

「ほらほら真野さん、コーヒーきましたよ」

「ん？　お、停めろ停めろ」

「買ってきますね」

駐車場に入り、祭はシートベルトを外した。

刺すような大気に耳を千切られそうになりながら、自動販売機まで走った。この環境で、しかし、事務所からクビを切られた元俳優にも、大好きだと言って、ライブが見たいと声をかけてくれる人もいる。きっと、氷点下で呑む冷たいジュースにもそれなりの需要はあるのだろう。

「つめた〜い」お飲物が設定されている意味がわからない。

熱い缶を両手に一つずつ持ち、車に戻ると中には誰もいない。

コーヒーをポケットにしまって、祭は駐車場を真野の姿を探して一周した。

ショップは全部閉店しており、自動販売機の放つ、ぼうっとした光だけが世界を照らしている。

そのいちばん端、切り立った崖とを遮る柵の前に、真野はいた。両手をダウンコートのポケットにつっこんで、やっぱり空を見上げている。

足音に気づいたように、声をかける前に振り返った。

「寒くないんですか」

「いや」

差し出した缶を、ありがたそうに受け取る。

無人のサービスエリアは、静まり返っていた。

「——なんか幸せだな……」

コーヒーを啜《すす》り、真野はしみじみとした顔で缶を見つめている。

「そうですかね？　かなり悲惨だと思いますよ」

言ったのは、こんなところで満足してほしくない気持ちの表れだった。

しかし真野は顔を上げ、

「そうか？　俺なんかこれより悲惨だったことなんて、ざらだったけどな」

心外そうに言う。

「……」

「それが今はどうだよ、祭ちゃんがこんな俺を気遣ってくれて、飯は食わせてくれるわ仕事は持ってきてくれるわ。あげく、こんな寒い山ん中でも、あったかいコーヒー買ってきてくれる……こんな幸せな人生、そうはないぞ？」

祭はとっさに下を向いた。上を向かないと涙がこぼれると歌ったのは誰だっただろう。いろんな人間がカバーしていたな、となぜかそんなことが頭によぎる。

と、伸びてきた指に鼻を摘《つ》ままれた。

「だから。おまえが先に泣いてどうする」

「泣いてませんから」

鼻を摘まれたままだったので、「ふぁいへはへんはらっ」としか聞こえないなと思った。

「こんなところで泣いてられますか！　この先、なにがあるかわかんないのに」

「うう、くそー、強いなあ祭ちゃんは」

抱きしめてくる、温かい腕に祭は一瞬だけ目を閉じた。下を向くより閉じたほうが、目から涙はこぼれやすい。

目を開いた祭がぎゅっと袖口を摑むと、真野も同じようにして背中に回した腕に力をこめる。なんだか、世界じゅうに二人だけみたいだ。実際、二人しかいないのかもしれない。たった二人で、でも一人ずつ味方がいる。他のすべてが敵に回っても、必ず支えあえる頼もしい相手が。互いが手を離した瞬間、二人とも倒れてしまう。だからしっかり抱き合っている。

明日はライブだ。明日は仕事がある。明後日にはもうない。来年の今ごろになっても、こないかもしれない。そんな先のことは、そもそも怖くて考えるだけでも辛くなる……だけど、そばにいると誓った。いつまでとは言わなかった。だから、ずっとそばにいる。自分がこの人を守る。この人がきっと、自分を守ってくれる。

それはたしかに、これ以上ないくらい幸せなことに違いなかった。

あ、と真野の声。

「祭ちゃん見なよ、雪が降ってきた」

顔を上げると、星のまたたく空から、花びらみたいな雪がひらひら舞い降りてくる。

はじまりの雪だ。なんとなくそんなフレーズが浮かんだ後、俺は詩人にはなれないなと祭は思った。そして、明日という日のことを、あたりまえに考えてみた。

# あとがき

榊花月

こんにちは。お読みいただきまして、どうもありがとうございます。二〇一一年、最初のお仕事はディアプラス文庫となりました。

……などと書いておきながらなんですが、去年はやたらと家電を買った私です。ええ、エコポイントが半減されないうちに！　……と、狙ったわけじゃありません。ただ、家電が次々と買い換えねばならない状態になっただけでございます。たまにありますよね、家電祭りイヤー。つらつら考えても、前に祭ったのは十五年ぐらい前のことだったような気がしますが。あの頃はまだ、原稿もワープロで書いてたし、保存するメディアはフロッピーだった。

それが今、これを書いてるパソコンには、そもそもフロッピーを入れる場所すらなく、ディスクもCDではなくDVD‐Rに進化しております。いや、DVD‐Rってたくさん入るんですねえ、奥さん。去年まで、一枚のディスクに保存できるのが、せいぜい文庫三冊分だったのに、DVDに変えたとたん、三冊分ぐらいでは四分の一も埋まらない状況に。

十枚組のディスクを使い切るまで仕事が続いているんだろうかという、当然の疑問がわいてくるわけですが、使い切るどころか、この一枚で作家生命も潰《つい》えたりして……はは、って笑ってる場合じゃない。あと、そんなわけで無用の長物と化した新しいフロッピーディスクはどうすればいいのだろう……捨てるのはもったいないけど、使う機会もまずない。ご希望の方がおられましたら、お送りいたしますのでご一報を。

まあ、それはともかく、家電祭りにより大量のエコポイントが発生したわけですよ。皆様の中にも、エコポイントで○○を獲得されたという方はおられるでしょうが、それを全部酒と交換したバカは私以外に何人いるのか……なんかもっといいもの、例えばブルーレイレコーダーとかが当たる（※当たるわけではありません）と思っていたのに、選択肢は全国うまいもの便オンリーですか……もっと早く申請していたら、ひょっとしたらブルーレイも当たった（だから当たりません）かもしれないのに。でも、楽しいですね、「どれにしようかな〜」と全国各地の旨《うま》そうな酒を選ぶ作業は。しかもタダ。

いや、厳密にはタダなわけはないのですが、なんとなく得した気分になってきた私は、結局三十本ぐらいのご当地焼酎《しょうちゅう》を選んだのです。

そしたら、当然なんでしょうが、ある時期、三日ぐらいの間に注文したすべての酒がうちに送られてきました。あっというまに、ゴミ屋敷ならぬ酒屋敷誕生！

……って、狭いです、家が。泣。

でも、当分酒には不自由しない生活を手に入れたわけです。それにしても、世の中には実にさまざまな種類の焼酎があるものですね。蕎麦《そば》、紫蘇《しそ》、とうもろこしぐらいまでは把握しておりましたが、かぼちゃ焼酎なんてのもある。もう、焼酎の原料にならない食材など存在しないかのよう……いや、カニ焼酎とか猫焼酎などはありませんが。猫は食材じゃないだろう。でも、探せばどっかにはあるのかもしれない、カニ焼酎。猫焼酎はありませんように。

この分では、来年（つまり今年）も酒の切れ目のない毎日になってしまいそうだと、いちおう危惧《きぐ》した私は、今年に入ってから心持ち酒量を抑えることにしました。そして、完全に一滴も呑まなかった日の翌朝……なぜかものすごく体調が悪くなっていることに愕然《がくぜん》としました。

普通、逆なんじゃないんですかね……？

まあ、百薬《ひゃくやく》の長《ちょう》ともいいますし、一滴ぐらい入れとかないとかえって不健康だってことですね！　……どう考えても、そんなわけがないだろう。どうするんだ私。

なぜ、新年一発目のあとがきで、えんえん「酒と私」を語っているのか、そんな自分に厭気《いやけ》がさしますが、今年もよろしくお願いいたします。

今回イラストは、小山田《おやまだ》あみさんにお世話になりました。お忙しい中、どうもありがとうございました。ここまでお読み下さった方は、私同様、麗《うるわ》しいキャラを堪能《たんのう》されたことと思います。内容はともかく、イラストがすばらしかったとご記憶いただければ幸いです。

次のお仕事は、三月に出る「小説ディアプラス」になります。こちらもお読みいただけるとありがたいです。

新しい年が、皆様にとってすばらしいものになりますよう。

# 黄昏の世界で愛を《たそがれのせかいであいを》

この本を読んでのご意見、ご感想などをお寄せください。
榊 花月先生・小山田あみ先生へのはげましのおたよりもお待ちしております。
〒113-0024　東京都文京区西片2-19-18　新書館
**[編集部へのご意見・ご感想]** ディアプラス編集部「黄昏の世界で愛を」係
**[先生方へのおたより]** ディアプラス編集部気付　○○先生


**初　出**
黄昏の世界で愛を：書き下ろし

新書館ディアプラス文庫

著者：**榊 花月**［さかき・かづき］
初版発行：**2011年 2月25日**

発行所：株式会社**新書館**
［編集］〒113-0024　東京都文京区西片 2-19-18　電話(03)3811-2631
［営業］〒174-0043　東京都板橋区坂下 1-22-14　電話(03)5970-3840
［URL］http://www.shinshokan.co.jp/
印刷・製本：**図書印刷株式会社**

定価はカバーに表示してあります。乱丁・落丁本はお取替えいたします。
ISBN978-4-403-52269-7

DEAR+ CHALLENGE SCHOOL

# ＜ディアプラス小説大賞＞
# 募集中！

トップ賞は必ず掲載!!

## 賞と賞金

**大賞・30万円**
**佳作・10万円**

## 内容

ボーイズラブをテーマとした、ストーリー中心のエンターテインメント小説。ただし、商業誌未発表の作品に限ります。

・第四次選考通過以上の希望者には批評文をお送りしています。詳しくは発表号をご覧ください。なお応募作品の出版権、上映などの諸権利が生じた場合その優先権は新書館が所持いたします。
・応募封筒の裏に、**【タイトル、ページ数、ペンネーム、住所、氏名、年齢、性別、電話番号、作品のテーマ、投稿歴、好きな作家、学校名または勤務先】**を明記した紙を貼って送ってください。

## ページ数

400字詰め原稿用紙100枚以内（鉛筆書きは不可）。ワープロ原稿の場合は一枚20字×20行のタテ書きでお願いします。原稿にはノンブル（通し番号）をふり、右上をひもなどでとじてください。なお原稿には作品のあらすじを400字以内で必ず添付してください。

小説の応募作品は返却いたしません。必要な方はコピーをとってください。

## しめきり

**年2回　1月31日/7月31日（必着）**

## 発表

1月31日締切分…小説ディアプラス・ナツ号（6月20日発売）誌上
7月31日締切分…小説ディアプラス・フユ号（12月20日発売）誌上
※各回のトップ賞作品は、発表号の翌号の小説ディアプラスに必ず掲載いたします。

## あて先

〒113-0024　東京都文京区西片2-19-18
株式会社 新書館
ディアプラス チャレンジスクール〈小説部門〉係